A Brigit,

Que j'aime !

À PLAT

Mise en page :

Nathalie Monbaron, Lausanne

nathalie.monbaron@bsnpress.com

Correction :

Emmanuelle Narjoux Vogel, Paris

enarjoux@hotmail.com

Photographie de couverture :

© Matthieu Gafsou, Lausanne

www.gafsou.ch

ROMAN NOIR

À PLAT

JEAN CHAUMA

fictio

bsn
PRESS

Du même auteur :

Échappement libre, BSN Press, 2013.
Le Banc, BSN Press, 2011.
Chocolat chaud, Antipodes, 2009.
Poèmes et récits de plaine, Antipodes, 2008.
Bras cassés, Antipodes, 2005.

1

Maintenant il faut tout mettre à plat.

En pensant cette phrase qui lui est venue comme ça, apparemment sans raison, sans suite dans ses idées, Jean pose sa main droite bien à plat, doigts bien écartés, sur la table, au milieu d'un large rayon de soleil printanier.

La lumière de l'astre blanchit à outrance le formica marbré de noir qui recouvre les meubles de la cuisine. Assis sur une chaise en tube aluminium, il pose l'arrière de son crâne contre le mur bleu ciel, le soleil touche son visage d'une caresse agréable, il ferme les yeux, il pourrait se rendormir si son corps était mieux installé.

Le soleil se levant tout juste a réussi à lancer quelques rayons, entre deux tours au loin, pour toucher celle de Jean au plus intime de sa cuisine. Il habite au septième étage de cette HLM qui en compte quinze. Il pourrait presque sourire de plaisir en sentant la chaleur du soleil augmenter sur sa pommette gauche. Parfois un nuage voile l'astre printanier, instantanément Jean sent la fraîcheur du matin recouvrir sa peau. Il peut ainsi lâcher sa grimace, penser à faire un mouvement, mais, à peine a-t-il pensé à bouger, que le soleil lui ressaute au visage.

La fenêtre de la cuisine est grande ouverte, il sent toutes les odeurs qui le suivent depuis son enfance. Les odeurs des matins de printemps des villes avec, en fond, des effluves de terre et d'herbe qui viennent de la vague pelouse pelée qui sert de terrain de jeux aux mômes du quartier, entre deux tours qui se sont érigées, allez savoir pourquoi, allez savoir comment, au beau milieu de cet ancien quartier de cette ancienne ville de la banlieue en bord de Seine. Un jour la ville s'était vue affublée de quatre nouvelles tours et d'un immense centre commercial-patinoire-piscine : les deux tours HLM du quartier bas, la tour pour les rupins du quartier haut qui faisait face à la tour d'un grand hôtel d'une chaîne internationale, ces deux-là plantées comme des sentinelles au-dessus du centre commercial-patinoire-piscine. Tout le reste était ancien et ressemblait à n'importe quelle ville de la banlieue de Paris.

Jean bouge, saisit la grande tasse de café odorant encore chaud. Pour ne pas se brûler, il le boit en faisant un bruit d'aspiration qui, il le sait, énerve sa femme. Depuis trois ans qu'ils vivent ensemble elle n'a pas encore osé une réflexion mais, il le sent, cela ne va plus tarder. Il fait cet effroyable bruit avec sa bouche en buvant parce que son père faisait ce bruit-là, dans la famille les hommes boivent leur café en faisant du bruit avec la bouche, et, à bien y regarder, il n'y a pas de raison que ça change.

Le soleil réapparaît. Il a bougé, il frappe maintenant le mur bleu ciel et le plafond blanc. Il suffirait d'un rien, juste là, pour que Jean s'aperçoive qu'il est bien, pas trop mal. Il lui suffirait d'un peu de conscience, conscience de lui-même, à cet endroit, à cet instant. Hélas, il n'est pas équipé pour. À le voir, ainsi, ses cent kilos enveloppés dans sa robe de chambre en éponge rouge, buvant son café à grandes lampées bruyantes, les pieds bien écartés sous la table, la queue et les couilles libres sous la robe, on pourrait le croire planté dans le présent, jouissant de toutes ces choses : le café, le soleil, les odeurs, la table en formica, sa femme. Il peut certes les repérer, les ressentir une par une, les unes derrière les autres, mais il est incapable d'en faire la synthèse, incapable de concevoir que ça lui arrive à lui, incapable de créer une chaîne de plaisirs qui en ferait un homme heureux.

Bien sûr, quelque chose, quelque part derrière sa face de brute, devine qu'il passe à côté, mais ce quelque part est trop éloigné, un autre pays, une autre planète. Les mots *bonheur*, *heureux* ne font pas vraiment partie du vocabulaire de Jean. Il emploie plutôt des termes comme *riche, pauvre, posséder, sans-un*. En cela, il est parfaitement en phase avec sa femme.

Il se répète : *Maintenant il faut tout mettre à plat.*

Jean aime se répéter ce genre de phrase, comme : *Maintenant il faut jouer cartes sur table.*

Ses trois filles entrent dans la cuisine, prêtes pour aller à l'école. Constance, Agnès et Hillary. L'aînée, Constance, a douze ans, la cadette, Agnès, onze et Hillary, la benjamine, huit.

2

Chaque matin.

Chaque matin depuis trois ans.

Chaque matin d'école depuis trois ans, à la même heure, les filles font leur apparition, prêtes pour aller en classe, au lycée pour la plus grande. Bien habillées, bien coiffées, bien propres elles entrent dans la cuisine avec un joyeux : « Bonjour papa ! »

La plus jeune souvent, comme pour rendre le jeu plus réel, lui lance un : « Bonjour papa chéri ! » teinté, lui semble-t-il, d'un peu d'ironie.

Mais connaît-on l'ironie à huit ans ? Car, ces « Bonjour papa » ne sont qu'un jeu institué depuis trois ans par Louisette, la femme de Jean. C'est elle qui a décidé dès les premiers jours que ses filles l'appelleraient « papa ». Elle avait ressenti une grande satisfaction lorsqu'Hillary avait rajouté « chéri », preuve que l'homme qui habitait chez elle était devenu le père de ses enfants.

Jean a laissé faire, pas seulement les « papa » des filles, mais aussi les « chaque matin ». Complaisamment, il a laissé Louisette l'installer dans ce « chaque matin ». Il s'est laissé guider, glisser à ce coin de cuisine, coincé entre le mur bleu turquoise, la fenêtre ouverte ou fermée suivant la saison, le plafond blanc, la table en formica marbrée de noir, la robe de chambre rouge en tissu éponge et les filles qui déjeunent en silence. En effet, les enfants ne parlent pas à table. Louisette est très stricte sur l'éducation, comme elle dit, de ses enfants. Les filles acceptent de se taire ainsi qu'elles acceptent de l'appeler « papa », lui se sent leur complice par l'obéissance qu'elles mettent à suivre les règles de Louisette.

Mais.

Pour la première fois ce matin, ce matin même, il a senti, tout à l'heure, la chaleur de ce soleil printanier. Les filles, en face de lui, se dessinent de fines moustaches en buvant sans bruit leur chocolat. Agnès, la cadette, laisse tomber de sa tartine une goutte épaisse de confiture à la fraise sur la table en formica, vivement elle tourne la tête vers l'endroit où pourrait apparaître sa mère, de l'index Jean essuie la confiture poisseuse qu'il porte à sa bouche. C'est que des petites filles bien élevées, a décidé Louisette, ne renversent pas la confiture de leurs tartines.

Règles et règlement, et le plaisir dans l'obéissance. Les filles obéissent, et Jean est vaguement d'accord avec les théories de sa femme. Les enfants sont faits pour obéir aux ordres. D'ailleurs c'est ainsi qu'il a été élevé. Sauf que son vieux et sa vieille n'avaient pas la force de faire obéir les douze enfants qui peuplaient la maison familiale. Douze enfants du même père, enfin peut-être. Sans aucun doute pour les onze qui ont suivi la naissance de Jean, qui est l'aîné. Pour lui c'est moins sûr, des bruits courent, la mère et le père se sont mariés alors que Jean était en route.

Pendant douze ans, la mère a pondu douze enfants, six garçons et six filles. Pendant douze ans, tous les ans elle a fait un môme. Accouchant à la maison, quelquefois aidée mais souvent seule. Jean se souvient, ou croit se souvenir, qu'un jour, alors qu'il avait cinq ou sept ans, il a vu sa mère sur la table de la cuisine – à laquelle on avait ajouté des rallonges et qu'on avait recouverte d'un drap –, il se souvient d'avoir vu sa mère dans l'entrebâillement d'une porte, les cuisses en sang, largement écartées, entre elles un nouveau-né, lui aussi ensanglanté, encore relié par le cordon.

Le soleil a bougé et vient réchauffer le dos de Jean, qui, à grand bruit, boit une nouvelle tasse de café que Constance, l'aînée, lui a gentiment servie. En entendant le bruit que Jean fait en buvant, Hillary cache un petit rire derrière sa main, en entrant sa tête dans les épaules et en jetant un regard vers ses sœurs. Comme avant pour la confiture, il lui fait un clin d'œil. Constance et Agnès sourient aussi, tout en se levant de table. Jean s'aperçoit des jeunes nichons qui se dessinent à peine sous le chemisier strict de Constance, le soleil chauffe doucement son dos, il a devant les yeux l'image de sa mère en sang, reliée au nouveau-né.

3

Jean est sans prétention aucune. Il n'a pas le sens de la compétition, gagner, être le plus fort, le plus riche n'a pas d'intérêt pour lui. Cela contrarie pourtant l'impression qu'il donne aux gens, avec ses cent kilos et sa sale gueule de brute que même ses tentatives de sourire n'arrivent pas à rendre plus sympathique. Ce manque d'instinct compétitif est pris par les autres, agacés, pour de l'orgueil, d'autant plus agacés, les autres, que personne n'ose venir se frotter à sa masse et à sa sale gueule, sauf certaines femmes, les enfants et les chats. Certaines femmes sont attirées par lui, mais par une sorte de quiproquo. C'est vrai pour toutes les femmes qu'il a connues, c'est-à-dire pour toutes les femmes avec lesquelles il a couché. Jean ne connaît pas d'autre relation avec les femmes que celle qui passe par le lit. Les femmes qui l'approchent couchent, celles avec qui il ne couche pas, il ne les connaît pas, ne les voit pas.

La vie de Jean est un vaste quiproquo, il y a ceux qu'il agresse par sa seule présence, par ses manières, et il y a celles qu'il attire pour les mêmes raisons. Apparemment certaines femmes sont captivées, trompées, sans que Jean y puisse rien, par son corps bâti en château fort, par sa sale tronche qu'elles espèrent apprivoiser en la glissant entre leurs cuisses, par cette pilosité qui lui donne des airs de bête. Les femmes n'aiment pas les brutes, bien au contraire, mais elles sont prêtes, du moins celles troublées par Jean, elles sont prêtes à prendre le risque de la brute pour tenter d'attirer, de capturer dans leur lit, leur maison, l'homme fort, le battant, le gagnant.

Si Jean est un homme fort c'est sans le faire exprès, pour lui il est naturel que l'homme le soit, comme l'était son père. Jean pense que l'homme a le devoir d'être fort physiquement, comme la femme a le devoir de mettre des enfants au monde.

Mais vraiment, Jean n'a rien d'un battant, d'un gagnant, d'un fonceur.

Cette croyance que les femmes, certaines femmes, ont sur lui est renforcée par un don, qui n'en est pas un pour Jean et qu'il manipule avec évidence, il a le don de bander. C'est un bandeur, on pourrait même croire qu'il bande pour un oui ou pour un non.

Des bandeurs fous il y en a d'autres, qui se branlent toute la journée sur les culs et les nichons des gonzesses. En réalité, le don de Jean n'est pas de bander pour un oui ou pour un non. Son truc c'est qu'il bande là où d'autres restent la queue molle. Les gonzesses le font bander comme un autre, mais sa libido a un champ plus étendu, plus large. Si certains sont fétichistes des porte-jarretelles, des hauts talons, des colliers de chien, Jean aussi sans doute, si d'autres sont fétichistes de choses plus incongrues qui en font des maniaques, il est possible que Jean aussi, mais l'étendue des choses insolites qui peuvent le faire bander est encore plus vaste. Il n'est pas conscient de tout cela, il bande, bander est pour lui chose naturelle, l'homme bande comme l'homme est fort physiquement, c'est ainsi.

Le voilà donc, au petit matin dans cette cuisine, ses cent kilos de mélange graisseux et musculeux, sa tête de brute au-dessus d'un cou impressionnant, poilu et bandant.

C'est ainsi que Louisette le découvre, ce matin, comme chaque matin depuis trois ans, pas toujours bandant mais tellement là, physiquement là et c'est tout le quiproquo. À le voir ainsi elle se rassure en se disant qu'il est bon d'avoir un tel homme planté dans sa cuisine, bien présent de tout son corps, avec cette queue qui meuble et sécurise le territoire de sa maison. C'est l'erreur de Louisette et de toutes celles qui ont été attirées et qui ont attiré cet homme. Car, malgré les apparences, Jean n'est pas là, il n'est pas ailleurs non plus, mais il n'est pas là. Elle ne peut pas le savoir puisque lui-même ne le sait pas. Il est présent mais il n'a pas conscience de l'être. Il pourrait fort bien être ailleurs, ce qui pour lui, ailleurs ou ici, n'est pas différent.

– Allons, mesdemoiselles, dit Louisette en entrant dans la cuisine, finissez de vous préparer, Marcelle ne va pas tarder, embrassez votre père.

4

Les filles et la femme sont sorties de la cuisine.

Les trois gamines ont embrassé Jean comme on embrasse le père avant de partir.

Il bande.

Certains de ses sens sont développés plus que la normale. Il est difficile en le voyant de penser que cette carapace de béton armé et ce visage fermé puissent avoir avec l'extérieur des relations de sensibilité. Jean a développé sans le vouloir les sens de l'odorat, du goût. Une sensibilité du toucher, tout particulièrement du mouvement que l'on peut toucher, suivre, décalquer, dessiner avec les mains, les paumes, les doigts. Par contre il ne sait pas écouter, il ne retient de la musique ou de ce qui est dit que des impressions. Dans une conversation, il n'entend pas réellement le fond mais est sensible à la forme. Il fait la différence entre les mots d'amitié ou les insultes qui lui sont adressés par la gestuelle de celui qui parle et la tonalité du propos. Pour la musique, c'est pareil. Jean est un fan de quasiment toutes les musiques de variétés : Céline Dion, Cabrel, Goldman, Sardou et quelques chanteurs de langue anglaise, alors que, bien entendu, il ne connaît pas l'anglais. Ce qu'il aime chez les chanteurs de variétés, c'est retrouver toujours le même tempo, le même phrasé musical, il déteste être surpris. Ça ne veut pas dire qu'il aime toutes les musiques structurées de la même façon.

Il aime la musique de Sardou, pas celle de Brassens. Mais, étrangement, si pour une raison ou pour une autre il a fait attention aux paroles, il peut préférer les paroles de Brassens à celles de Sardou, d'ailleurs il se souvient de beaucoup de chansons de Brassens, jamais de celles de Sardou.

Si Jean a le sens du toucher, du palper, du peloter, de l'effleurer, il ne sait pas voir, pas regarder. On pourrait dire qu'il est aveugle et malentendant. Il ne voit pas réellement les gens, il les devine. Pour lui il est préférable de faire l'amour dans l'obscurité plutôt qu'en pleine lumière. Combien en a-t-il surpris des femmes, qui se savaient laides, en les baisant avec fougue et passion ? Dans le noir, il suffit que le grain de peau lui plaise, que l'odeur soit compatible à ses sens. Alors, pour lui, un déhanchement lascif reste un déhanchement lascif, quelle que soit la femme. Une bouche affamée le dévorera aussi bien, quelle que soit la structure du visage. L'arrondi d'un sein, d'une fesse lui parle aussi bien quel que soit l'équilibre du sein ou de la fesse par rapport au reste du corps.

Il ne saurait, si jamais il en avait l'occasion, voir, regarder, comprendre l'œuvre du peintre Cornelitz, pourtant il banderait en voyant le sein que la mère Noé présente à téter à son enfant. Sans aucun doute ne comprendrait-il absolument rien à la technique d'Egon Schiele, mais il saurait deviner les effluves de cette femme couchée, nue, cuisses écartées, une serviette jaune à portée de la main. Sans le savoir, Jean a l'odorat et le toucher développés. Sans qu'il sache mettre cela sur le compte de ses sens, les informations qu'il reçoit modifient en permanence ses états d'âme, tant elles peuvent être contradictoires, troublantes, incompréhensibles. Hillary et Agnès ont des odeurs d'enfant qu'il retrouve chez Constance. Les cadettes ont encore des gestes, des mouvements de gosses turbulents ou sages, qui attendrissent Jean, ce qui lui fait dire qu'il aime les enfants. Mais, tout à l'heure, en posant sa main sur la taille de

Constance pour lui faire la bise, alors qu'il répondait à une question d'Hillary, il a senti, imperceptiblement, du bout des doigts, dans son mouvement de hanche, un peu de la femme à venir.

5

Le soleil a encore bougé.

La température s'est élevée de quelques degrés faisant passer Jean du lever à la pleine matinée.

Quelque chose dans l'air lui a dit que la journée était belle et bien commencée.

En bas, de l'autre côté de la rue, au pied de la tour, la porte de la menuiserie s'est ouverte pendant un instant, petit atelier avec une demi-douzaine d'ouvriers, laissant échapper dans tout le quartier ses bruits de machines, scieuses, ponceuses, raboteuses. Dans le même instant un coup de sonnette, les filles joyeusement :

– Marcelle ! Marcelle !

La porte de la menuiserie s'est refermée.

Jean peut encore percevoir le bruit sourd des machines, un autre don qui ne lui sert strictement à rien, il est capable de percevoir le moindre bruit, avant tout le monde. Il a développé ce don en prison, cinq années en quartier de haute sécurité. De l'isolement de sa cellule, où tout s'était arrêté, même le temps de la pendule, Jean pouvait entendre le frôlement d'un maton qui s'approchait sur la pointe des pieds, il discernait le chuintement de l'œilleton que le gaffe soulevait millimètre par millimètre, le laissant retomber vivement lorsque Jean se retournait pour saisir un quart de seconde le demi-regard du demi-œil mateur. Cette histoire de prison n'a pas d'importance, c'est ce que Jean dirait si on le questionnait.

Marcelle s'est encadrée dans la porte de la cuisine.

La grosse vache comme l'appelle derrière son dos son amie Louisette.

Marcelle est une voisine. Elle a pour Louisette une dévotion qui, au début, avait paru suspecte à Jean. Mais très rapidement il s'était rendu compte qu'aucun gouinage n'était possible entre les deux femmes, Louisette trouvant ces pratiques sales, répugnantes, et Marcelle ne se doutant pas que cela puisse exister. Tous les matins, cette dernière vient prendre les filles pour les emmener à l'école et au lycée, en même temps que ses quatre garçons.

Jean salue la nouvelle venue d'un large sourire franc, il aime bien cette femme, facile à vivre, façonnable, malléable, ne sachant jamais dire non, en tout cas pas à Louisette ni à lui. Au premier regard, on peut voir à quel point les deux femmes sont différentes. Louisette est sophistiquée, artificielle, peinturlurée, la peau adoucie par des crèmes et brunie par les UV, chaque mèche de cheveux bien collée à la laque à l'endroit voulu, décorée d'un mélange de faux et de vrais bijoux, le tout habillé dans de sempiternels tailleurs, chaussée de daim ou de vachette confortable à bouts ronds, le talon jamais très haut, et, sous les vestes, des chemisiers généralement blancs. Il est facile de la décrire, de s'en souvenir. Jean aime ce genre de femmes habillées comme des coffres forts, polluant de leur parfum l'environnement à dix mètres autour d'elles, qu'on ne peut plus embrasser après le premier maquillage ni même toucher tellement l'ordonnance des habits, des cheveux, des bijoux est stricte. Marcelle passe, elle, inaperçue, comme invisible.

Jean la regarde en ce moment et essaye de définir ce qu'elle porte, quelque chose entre la blouse, la robe, la robe de chambre, bras nus, une montre en plastique bon marché au poignet. La montre de Louisette également est une montre pas chère, de ces marques qui copient les modèles des grands horlogers, mais la sienne est clinquante, brillante. Aux pieds, Marcelle glisse dans des chaussons informes, décousus, sans couleur, ses mollets et ses cuisses blanchâtres où courent quelques veines bleutées sont duveteuses, tout son visage est tiré vers le bas, terne, comme ses cheveux filasses d'une couleur indéterminée, qu'elle retient avec une pince métallique.

– Tu me ressers du café, s'il te plaît, lui demande Jean.

Immédiatement elle a saisi la cafetière et s'approche de lui, son odeur est un peu forte pour un début de matinée, Jean y devine la friture d'hier, la transpiration de la nuit, la fumée du tabac brun de son mari.

Les deux femmes ont pourtant un point commun, qui ne saute pas aux yeux. Jean l'a remarqué d'entrée, elles ont toutes les deux la même corpulence, la même taille, les poignets, les chevilles, les cous sont puissants, costauds, on pourrait très bien les atteler en paire à une charrue de labour. On dit de Marcelle que c'est une grosse vache et de Louisette que c'est une belle plante.

En servant le café, Marcelle se met à rougir, comme d'habitude depuis trois ans, lorsqu'elle s'approche de Jean. C'est comme ça, elle n'y peut rien. Dès qu'elle se retrouve dans la même pièce que cet homme, ses joues, sa gorge, son ventre s'embrasent, la cafetière tremble dans sa main, elle sursaute quand Louisette entre dans la cuisine.

– Marcelle, tu y vas ! Les enfants vont être en retard.

6

Le ciel s'est obscurci.

Dans la banlieue, on ne sait jamais le temps qu'il va faire. L'horizon se voit toujours bouché par un immeuble quelconque, le temps évolue à la vitesse de diapos passées sur un écran.

Louisette soupire comme si ces deux premières heures de la journée l'avaient surmenée. Elle se montre sans cesse super occupée, n'ayant jamais un moment à elle, en tout cas c'est l'impression qu'elle donne. Elle allume une cigarette, se verse du café, en verse une rasade d'office dans la grande tasse de Jean, s'appuie contre le buffet. Louisette et Jean n'ont rien à se dire, et cela depuis le début. Autant elle paraît super occupée, autant lui a l'air de n'avoir jamais rien à faire, que ce soit le matin où il semble pouvoir rester jusqu'au soir dans ce coin de cuisine, ou lorsqu'on le voit avec ses copains à la terrasse d'un bistrot. Jean n'a rien à dire à sa gonzesse, il faut dire qu'il n'a rien à dire à personne. À bien y regarder, Jean ne s'intéresse à rien. Il ne regarde quasiment jamais la télé, va rarement au cinéma, ne suit aucun sport ni la politique. Il lit peu le journal, à part quelques faits divers, d'ailleurs il lit avec difficulté. Il ne bosse pas, n'ayant absolument pas le goût du travail. Il ne sait rien faire de ses mains, n'a aucun métier. Bien sûr il s'occupe à deux, trois trucs dans la vie. À le suivre, on peut s'apercevoir qu'il a deux, trois centres d'intérêt. Il n'en parle jamais ou à mots couverts, codés, par phrases courtes, pensant que beaucoup de choses ne doivent pas être dites, que le faire se passe très bien du dire. Jean ne pense pas plus de ceci que de cela, il ne met pas plus en pensée sa vie qu'il ne la met en discours. Jean n'est pas pour autant un silencieux, un taciturne, ses potes apprécient sa compagnie, Louisette n'envisage absolument pas de changer d'homme, celui-là lui convient parfaitement. Mais, après avoir passé une journée avec Jean, en faisant attention, on s'aperçoit qu'il n'a rien dit sur lui et qu'il n'a donné son avis sur rien. Elle est tout aussi inculte que lui, un peu plus instruite ayant fait des études d'employé de bureau, mais, à la différence de son homme, elle peut donner son avis sur absolument tout. De manière péremptoire elle peut vous parler de politique intérieure, des conflits mondiaux, vous donner des conseils en psychologie, en pédiatrie, en sexologie, et même vous tirer les tarots. Louisette n'hésite pas à ressortir toutes les idées les plus convenues de café du commerce, à synthétiser toutes les âneries les plus répandues et à les resservir sur le ton de quelqu'un qui sait de quoi il parle. En trois ans, ces deux-là ne se sont jamais disputés. C'est impossible avec Jean, et Louisette a senti très rapidement qu'il était préférable de ne pas se disputer avec cet homme-là, ne sachant pas très bien ce qui pourrait se passer.

Ils boivent leur café en silence, écoutant peut-être ce que dit la radio du matin, elle écrase sa cigarette dans un cendrier.

– Tu passes au magasin tout à l'heure ? demande-t-elle en se décollant du buffet.

– Oui, sûrement, répond-il.

– Alors j'y vais, se décidant à l'embrasser d'un effleurement de son maquillage.

– C'est joli ça, dit-il en manipulant la chaînette couleur or qui tient fermée la veste à deux poches de Louisette.

Il s'est redressé, légèrement penché en avant pour poser ses mains sur les collants en dessous du genou. Il remonte doucement la jupe jusqu'aux cuisses, elle a posé ses mains sur ses épaules, il continue jusqu'aux hanches vers le haut du collant hermétique. Louisette ne bouge pas, elle trouve ça absolument vulgaire de se faire trousser au milieu de la cuisine, mais, depuis trois ans, elle s'est laissée fasciner par quelque chose, fascination qui ne cesse avec le temps. Elle sait que, si elle se penche en avant, sous la robe de chambre rouge, elle est assurée de trouver une queue dure, dressée vers elle, et cela, ce fait, cette certitude, la met dans un état de grand contentement. Ce n'est pas que Louisette soit une sensuelle, une chaude du cul. Elle aurait tendance à faire croire que le cul l'ennuie et qu'elle trouve l'amour physique un peu sale, vulgaire. Louisette est une matérialiste, un écureuil qui rêve sans cesse de coffres et de frigos remplis de biens et de marchandises, de bas de laine, d'argent et d'or cachés entre les draps bien pliés. Elle n'est pas économe, plutôt panier percé, mais possessive. Ce qu'elle aime c'est la possession des choses. Avec Jean elle est servie. Elle sait qu'elle possède à la maison une queue bandante, avec la certitude de ne pas manquer, ça la réjouit plus que tout. Surtout lorsque ses copines, confidences de femmes, racontent les problèmes qu'elles ont à ce sujet avec leur mari. Jubilante elle aurait envie de dire : *Moi, mon frigo est plein, j'ai trois enfants, j'ai de l'argent sur mon compte et une queue bandante à ma disposition.* Bien entendu, vivant dans la possession, dans l'avoir, elle tremble de ne plus avoir, alors, comme elle soulève de temps en temps la pile de draps où elle a caché des rouleaux de billets pour s'assurer qu'ils sont toujours là et jouir de leur présence, elle ne peut s'empêcher de se pencher pour saisir de ses courts doigts, rallongés de faux ongles rouge vif, la verge bandante de son homme, le sien.

– Il faut que j'y aille, dit-elle dans le même mouvement.

– Tourne-toi un peu.

Elle se relève, se retourne. Jean reste impuissant devant le collant aussi brutalement fermé derrière que devant, tant pis.

– Va, dit-il en posant un baiser sur une fesse carapaçonnée.

Jean pousse un soupir, une sorte de feulement d'aise. Non pas qu'il se dise qu'il est bien, peinard. Il est comme un animal.

Il appuie de nouveau son dos contre le mur bleu ciel, étend ses jambes, fixe ses pieds. Sa tasse est vide, il boirait bien encore un peu de café. Avec l'odeur du café, le goût du café, il peut perpétuer le rituel du lever, du matin. Le café ne le réveille pas, le garde juste dans cet état de demi-sommeil, de demi-réveil. Bouger pour se servir du café risquerait de le mettre en route, il ne se sent pas encore prêt pour commencer cette journée, peut-être parce qu'elle ne sera pas comme les autres. Il préfère attendre pour le moment que quelqu'un le serve. Il ne va pas jusqu'à penser que la journée sera extraordinaire. Aujourd'hui il a simplement quelque chose à faire, quelque chose de prévu, et de pas tout à fait ordinaire. Pourtant, depuis trois ans, ce qu'il a à faire avec ses potes, il l'a déjà fait quelquefois, peut-être trop souvent. Un pli passe sur son front. On peut même dire qu'ils ont, lui et ses deux potes, attrapé une certaine notoriété et, à bien y regarder, la notoriété le contrarie. Un court instant il se dit qu'il pourrait changer mais, comme pour le café, il est trop tôt pour penser à changer sa vie, idée qu'il déteste autant que la notoriété. Après avoir contemplé ses pieds, il soulève avec la paume de la main sa queue molle.

À la radio on parle d'un banquier qui vient, dans la nuit, de se suicider.

Comme trop souvent le journaliste croit savoir ceci ou cela, le type, le banquier, se serait tiré une balle dans la tête avec son 357 Magnum. *Se serait fait tirer une balle dans la tête*, rectifie Jean, malin, à qui on ne la fait pas. Déjà il se demande ce qu'un banquier pouvait foutre avec un gros calibre. Le journaliste se perd dans des explications : scandale politique et financier, des associés et des amis du banquier sont emmerdés, 64 millions de francs ont disparu, ont changé de main, Jean ne comprend pas trop. D'abord, 64 millions de francs, il ne voit absolument pas ce que ça veut dire. Une des filles a laissé un crayon et du papier sur la table entre les miettes du déjeuner et les taches de confiture. Jean écrit soixante-quatre et six zéros. Pour faire des centimes, se dit-il, il faut rajouter deux zéros. Six milliards quatre cents millions de centimes. Il essaie de s'imaginer six milliards quatre cents millions de centimes, il ne trouve rien. Il se dit qu'il va partager la somme par douze : 533 333 333 centimes par mois, le résultat est devenu incompréhensible, comme s'il venait d'écrire un chiffre en chinois. Au diable les 33 333 333 centimes et voyons ce que font 500 000 000 de centimes par jour. Ce coup-ci Jean se marre tout seul, le revoilà devant un autre truc chinois : 17 777 777. Il jette le crayon sur le papier, il a dû certainement se tromper dans ses divisions. Il s'adosse et se dit que, pour 17 777 777 centimes par jour, il comprend que les potes du banquier lui aient fracassé la tronche à coups de 357 Magnum, surtout que chez les banquiers, politiques et compagnie il ne doit pas y avoir beaucoup de mentalité. Il se demande ce qu'il ferait avec 17 777 777 centimes par jour et ne trouve rien. Tiens, il va demander à Marcelle qui ouvre la porte d'entrée. Après avoir emmené les enfants à l'école, chaque matin, sauf les week-ends, Marcelle fait le ménage chez Louisette. Elle sourit à Jean en entrant dans la cuisine.

- Fais du café, lui dit Jean en répondant à son sourire par un sourire.

La femme s'active, fait le café, et plonge dans la vaisselle d'hier soir et de ce matin.

- Dis-moi ma grosse, qu'est-ce que tu ferais avec 64 millions de francs ?

Elle s'arrête de brasser la vaisselle, le regarde, hausse les épaules, rougissante, et d'une voix enrouée demande :

- Je sais pas, combien ça fait, 64 millions ?
- Truffette, 64 millions, ça fait 64 millions.

Elle replonge dans l'eau de vaisselle à l'odeur de graillon et de liquide au citron. Elle rougit, parce qu'elle sait que si Jean l'appelle la grosse ou truffette, c'est qu'il va se passer quelque chose, elle va y avoir droit. Marcelle ne sait pas grand-chose, mais elle sait que depuis toute petite, les gens, derrière son dos, la traitent de grosse, de boudin, de pauvre fille, de conne, de truffette. Enfin, ce dernier terme n'appartient qu'à Jean, sa famille, son mari, ses enfants, ses copines. Et aussi de suceuse, de putain, parce que, depuis ses douze ans jusqu'à son mariage, elle a sucé toutes les queues du quartier, dans les voitures, les parkings, les caves, les escaliers. Déjà boudin à l'époque, les garçons la tiraient rarement. Par contre elle était devenue une grande suceuse, ce qui, au fur et à mesure des années, l'avait rendue indispensable au quartier. Son mari faisait partie de la kyrielle de garçons qu'elle épongeait régulièrement, puis ils s'étaient mariés et elle avait mis fin à ses habitudes buccales. Elle avait même décidé, et passé contrat avec son mari avant le mariage, qu'elle ne se servirait plus de sa bouche pour tailler des pipes. En vérité, cette promesse rendait fou son homme. Lorsqu'il avait bu, ils en arrivaient aux mains, lui voulant sa turlutte, elle refusant, alors il la traitait de grosse pute, de conne, de putain et autres gentillesses.

Avec Jean les injures n'en étaient pas, c'était une sorte de jeu, elle le prenait comme de la franchise, une honnêteté à son égard, honnêteté qui la troublait terriblement. Surtout, ces quelques mots grossiers qu'employait Jean pour lui parler étaient contredits par ses manières, par ce qui allait se passer dans un instant. Lui, comme à son habitude, agissait sans calcul, il traitait Marcelle de truffe, comme il traitait son ami de pomme.

Finalement il se lève, le café crache dans la cafetière.

– Tu en veux ? demande-t-il à la femme qui fait passer la vaisselle d'un bac à l'autre, et la dépose sur l'égouttoir en plastique bleu.

Il s'est placé derrière elle, la coinçant contre le rebord de l'évier, il dévoile son cou du rideau de ses cheveux raides qui sentent les odeurs d'hier et d'avant-hier, l'embrasse derrière l'oreille, la queue raide plaquée contre les énormes fesses de la femme. Sa peau est molle, grasse, salée-sucrée, odorante avec le fumet de l'eau de vaisselle. Déjà elle est en eau, liquéfiée par cette pression contre ses reins, par le baiser dans le cou. À part avec lui, elle ne se souvient pas d'avoir été embrassée dans le cou. Autant que Jean s'en souvienne, ce rituel a commencé dès le début, il y a trois ans, sans doute dès le premier matin où il s'est retrouvé seul avec la grosse.

Il remarque que le soleil a envahi le dehors, laissant la cuisine dans l'ombre et démarrant la journée. Tous les matins d'école, il a pris l'habitude, et il aime beaucoup les habitudes, de se faire la mère Marcelle. Jamais ailleurs que dans la cuisine, jamais à une autre heure. Ce n'est pas un rendez-vous. C'est l'une des choses qui, sans qu'il le sache, plaît à Jean, cet acte sur lequel ils n'ont mis aucun mot, dont ils ne parlent jamais avant ou après. Ce qui lui plaît surtout c'est la disponibilité de cette femme, sa maniabilité, cette jouissance de pouvoir passer derrière elle, de plaquer sa queue contre ses fesses et de déboutonner sa robe tablier pour mettre à jour ses nichons encore emprisonnés dans un soutien-gorge douteux à armature de fer. C'était là le premier geste de Jean, après avoir collé sa queue hypnotique contre la femme. Libérer ses nichons. C'est qu'elle a des seins superbes, pas gros mais épanouis, d'un dessin, d'un équilibre parfaits, même leur texture est différente du reste du corps. Sa poitrine semble ne pas lui appartenir, on l'aurait crue rajoutée sur son corps de boudin. Elle a des seins intelligents. Jean est chaque fois attendri par la beauté parfaite de ces nichons. Il essaie de trouver quelque chose d'aussi beau et ne trouve pas. De toute sa vie, il n'a rien vu de comparable. Il a déboutonné complètement la robe, dégrafé le soutien-gorge, dans la main il soupèse et caresse les deux globes, là où la courbe est la plus parfaite. Deux choses, peut-être, pourraient déséquilibrer cette harmonie parfaite, ce sont les deux énormes tétons qui se durcissent sous les doigts de Jean, deux bouts de sein plus en rapport avec le reste de la femme. Mais heureusement pour lui, ils sont là. La perfection de la poitrine de Marcelle pourrait lui interdire toute autre action, il pourrait, face à tant de beauté, rester sans voix, sans geste, interdit, impuissant. Ces deux bouts de la consistance d'une gomme, il les triture, les tire, les pince et, n'y tenant plus, les tète à pleine bouche l'un et l'autre, laissant de larges taches de salive à chaque succion. La robe tablier est tombée, le soutien-gorge aussi. Jean est tout à sa tétée, pas appliqué, pas concentré, mais vivant, savourant, dégustant. Elle s'est mise à couiner. Il se dit qu'il pourrait sans doute passer des heures à mastiquer, happer des seins de femme, mais il s'arrête, se redresse. Il fait un geste pour que la femme retire son slip. Elle est là, debout, à poil devant lui, juste avec ses chaussons sans-forme. Tout son corps est en déséquilibre, le ventre bourrelé, les fesses tombantes, seuls les seins la tirent vers le haut.

Du bout des doigts il la manipule, la place. Elle aimerait lui saisir la queue mais n'en a pas le temps. Les cuisses écartées contre le rebord de l'évier, elle a vu l'homme se mettre à genoux derrière elle. Il va le faire. Son cœur bat encore plus vite. C'est que jamais encore personne ne lui avait fait ça, jamais personne ne s'était occupé d'elle comme ça. Elle voudrait le prendre dans ses bras, lui dire des mots d'amour. Cette caresse au plus secret lui inspire des mots de tendresse. Elle fond et coule, il se relève et dans le même mouvement s'enfonce en elle.

7

La journée a bien commencé.

Si Jean était conscient, tout particulièrement aujourd'hui, les jours tels que celui-ci, les jours où il a quelque chose à faire, s'il était conscient, s'il pouvait, s'il savait s'arrêter, arrêter le cours de sa vie, se regarder un moment comme il se regarde dans le miroir de la salle de bains, si seulement Jean avait la possibilité, juste à l'instant, de se demander, de se rendre compte de qui il est, de ce qui l'entoure... Non pas que Jean ne pense pas, non pas qu'il n'ait aucune vie cérébrale, bien au contraire. Dans sa tête, en un jour, des millions de pensées se bousculent, certaines passant et repassant, mais Jean ne sait pas avoir une pensée qui dure plus de quelques secondes. Il peut ruminer la journée entière sans que rien ne vogue vers sa conscience. Son cerveau est une mer houleuse faisant tanguer le bateau de ses pensées. Aucun port pour faire escale, sauf peut-être celui de l'oubli.

Nommer « pensées » ce qui se mélange sous le crâne de Jean est presque excessif. Pour que ce malstrom de sensations, d'images, d'idées, de volontés, restant dans la gangue de l'instinct, soit « ses pensées », il faudrait que Jean ait conscience de lui et du monde. Ce n'est pas le cas. Là, devant ce miroir, il n'y a aucun rapport entre lui et ce qui traverse son esprit. Si on lui disait que c'est un autre qui pense à sa place, il répondrait : « Pourquoi pas ? »

Impression vague, confuse. Ce léger écœurement tout à l'heure, après s'être déversé dans la bouche de la femme. Il a fui sans se le dire pour se réfugier dans la salle de bains. Moment de jouissance, moment de grande tristesse, comme la fin d'un banquet, d'une fête. On éteint les lampions et les bougies, les femmes et les hommes défraîchis s'en vont, écœurés d'avoir dégueulé le mauvais alcool. On doit rentrer chez soi, on n'est pas d'ici.

Moment de jouissance. L'esprit désarmé de ses fantasmes et de ses mensonges voit arriver, du fond de la grotte où on l'a renvoyée, la conscience. C'est elle qui a le pouvoir de dire ce qui est réellement. Jean, à ce moment-là, Jean le soi-disant bagarreur a fui l'affrontement, il s'est dérobé, il n'a pas voulu jeter un regard à la femme couinant à ses pieds, le visage poisseux de sperme.

Encore se laver, se raser, voilà ce que Jean se dit devant son miroir. Les soins hygiéniques lui semblent superflus, mais Louisette est très stricte sur la propreté, la propreté corporelle tout particulièrement. Il sourit en ouvrant au maximum le robinet d'eau chaude de la baignoire. *Si elle pouvait parfumer mon sperme…* songe-t-il, en faisant couler le savon liquide du bain moussant dans l'eau fumante. *Mieux, si elle pouvait s'offrir quelque chose de parfumé et qui a bon goût, du sperme qu'elle pourrait trouver au supermarché.*

Déjà, il passe à autre chose. Il regarde l'eau brûlante se déverser en grondant sur le savon liquide, la vapeur envahit toute la pièce, il augmente le bruit de tonnerre en mélangeant de l'eau froide à l'eau chaude. Le bruit, la vapeur l'ont saisi, statufié, il reste ainsi, stoppé, se demandant s'il saura couper l'eau à temps. Le bain trop chaud, trop parfumé, le suffoque. La baignoire trop remplie, trop petite, déborde. Il s'enfonce jusqu'aux genoux, mais les genoux restent hors de l'eau.

Ailleurs, dans l'appartement, Marcelle, le cul défoncé, a branché l'aspirateur, elle se racle encore la gorge malgré deux verres d'eau.

8

Tout est dit.

À haute voix : « Tout est dit et ce qu'il y avait à dire a été dit. »

Ce genre de phrase qui n'a pas vraiment de sens, même pour lui, l'apaise un temps. C'est presque drôle à énoncer, car, à le voir, Jean n'a rien d'un homme qui a besoin d'être apaisé. Baignant dans l'eau mousseuse, fumeuse, parfumée, il semble parfaitement en paix, tranquille. Quiconque connaît Jean de loin ou de près, quiconque le rencontre ne peut que constater : un homme tranquille, en paix, parfaitement sûr de lui. Pourtant il y a là, dans cette salle de bains chaude et humide, un noyau infiniment petit qui ressemble, s'il savait le qualifier, à un commencement de terreur. Au plus profond du ventre, il sent comme un vent glacé des steppes. Glacé à l'intérieur, brûlant à l'extérieur. C'est pour ça qu'il se répète en boucle : *Tout est dit et ce qu'il y avait à dire a été dit.*

Ainsi, peut-être, se rassure-t-il, allez savoir.

9

Le bain est trop chaud, trop long, trop parfumé, l'envie pressante d'en sortir le prend. Dégoulinant, mousseux, Jean ouvre la porte de la salle de bain, l'air plus frais chasse la vapeur d'eau. Il va chercher Marcelle qui passe l'aspirateur dans le salon, lui touche le bras, lui parle gentiment :

– S'il te plaît, tu laisses tomber l'aspirateur pour l'instant.

Elle s'arrête à la seconde sans chercher à comprendre ou peut-être ayant tout compris.

Des gouttes d'eau ont dessiné des traînées sur le miroir de la salle de bain.

Marcelle essuie le miroir.

Lorsqu'il était môme, souvent, pas toujours, il ne se rappelle plus à quelle occasion, Jean regardait son père se raser. Son paternel se lavait, se rasait à l'évier de la cuisine familiale, pourtant il y avait une salle de bains avec douche. Il ne se souvient pas de l'avoir vu y mettre les pieds.

Tous les matins, avant d'aller travailler, les deux mains en coupe, son père se passait de l'eau froide sur le visage à grand renfort d'éclaboussures et de bruits, un peu les mêmes bruits que pour boire son café mais en dix fois plus forts. Ensuite, il se saisissait d'une grande bouteille d'eau de Cologne, s'aspergeait les cheveux qu'il peignait soigneusement en arrière. À d'autres moments, plutôt le soir, plutôt le week-end, Jean n'en est pas sûr, le vieux se rasait. Là, c'était quelque chose.

Il avait toujours trouvé son père vulgaire, grossier de traits et de manières, il craignait souvent de lui ressembler, de découvrir des similitudes, par exemple, en voyant son propre visage de brute dans le miroir ou dans sa façon de culbuter cette pauvre Marcelle. Mais, lorsque le père entreprenait de se raser, ça le sauvait aux yeux du fils.

Le vieux ne faisait absolument pas attention à sa présence, c'est peut-être la raison pour laquelle Jean a du mal à rassembler ses souvenirs. Tout abord, aussi lourd et aussi grand que lui, il accrochait à un clou un miroir grossissant, avec une lampe à l'intérieur qu'il allumait. Maintenant, ça lui revient, un souvenir pas très précis mais certain. Pour assister au rasage du père, il n'y avait jamais personne, sauf le fils.

Ce souvenir ne peut être qu'exact.

Le père sortait d'un étui usé en carton-pâte, un rasoir droit, un coupe-choux. Il accrochait à un deuxième clou une épaisse et large lanière de cuir. En tenant l'autre extrémité, il commençait à affûter le rasoir avec des gestes larges, souples et sûrs. Le métal frappait le cuir avec un bruit sourd, puis avec un très léger crissement métallique lorsque la lame courrait, et clap elle faisait le chemin inverse. Dès que le père installait le miroir, il prenait des allures de seigneur, de maître d'un immense territoire avec ses paysans et ouvriers qui le peuplaient. On aurait dit qu'il se préparait pour une grande bataille ou pour prendre une grande décision.

C'est là que le père parlait au fils. Ce matin, Jean croit s'en souvenir.

– Va me chercher du PQ !

Alors, l'enfant courait aux chiottes dérouler un long morceau de papier hygiénique rose ou bleu. Ses jambes étaient nues, il portait des shorts, il était minot.

Jean a mis longtemps par la suite à se retenir de courir lorsque, adulte, on lui demandait un service. Môme, il courait sans doute pour ne pas trop manquer de l'affûtage du rasoir. En revenant, le PQ flottant dans sa main, son père faisait encore quelques allées et venues sur la lanière, peut-être attendait-il que son fils soit de retour, mais ça Jean ne le saura jamais.

Une fois le rasoir affûté, le père ouvrait un tube de savon à barbe. Avec un vieux blaireau à poil blanc, avec des gestes rapides, il faisait mousser le savon dans un bol.

Ce matin, Jean essaie vraiment de savoir pourquoi il se souvient que le blaireau en question était aussi lourd qu'un caillou.

Le père se badigeonnait longuement, soigneusement les joues et le menton, tout comme Jean est en train de le faire avec un blaireau en faux bois et faux poil de sanglier.

Puis le père se rasait, tirant la peau d'un côté, faisant courir le rasoir de l'autre. À chaque passage, il essuyait la lame au papier, abandonnant un mélange de mousse blanche et de barbe grise. Les poils craquaient sous la coupe, le rasage était parfait

Du sang perle au cou de Jean, jamais son père ne se coupait.

Enfin, le père s'aspergeait d'eau de Cologne, redescendant du piédestal sur lequel le fils l'avait placé.

Dans un des petits débarras qui meublent ici ou là le F3, Jean a organisé sa penderie, bien rangé toute sa garde-robe. L'habitude lui est venue en prison. Le débarras dans lequel il range ses habits n'est pas plus grand que certaines des cellules dans lesquelles il a été enfermé.

Sur chaque mur de la petite pièce sans fenêtre, Jean a collé des lampes murales à pile. Il appuie sur chacune d'elles pour les allumer et referme la porte derrière lui. Le voilà face à trois armoires en PVC à fermeture Éclair, décorées d'un motif floral jaune et bleu, au-dessus des armoires trois boîtes-housses en vinyle, fermées elles aussi par des fermetures Éclair et possédant le même motif. À sa gauche, dans le fond du débarras, des étagères où sont disposées, bien rangées, bien cirées avec application par Marcelle, dix paires de chaussures quasiment neuves, en cuir et à lacets, du même modèle, de la même teinte, achetées toutes le même jour.

À droite, derrière la porte, il a fixé un grand miroir, il appuie sur une nouvelle lampe disposée au-dessus. Il fait glisser les fermetures des armoires, découvre dix complets du même modèle, veston croisé anthracite, six boutons et pantalon à pinces.

Pendant ses cinq années de prison, Jean n'eut pour ainsi dire que quatre occupations : il restait couché, soit dormant, soit rêvant les yeux fermés ; il regardait la télé ; chaque jour, il allait se promener une heure ou deux dans la cour avec ses potes ; six jours sur sept, il pratiquait une heure de muscu-lation intensive, ce qui faisait que ses costumes étaient de très grande taille.

Au tout début, allongé sur le lit, il pensait à sa femme, aux femmes, à toutes celles qu'il avait eues, à toutes celles qu'il aurait voulu se faire. Puis, après une bonne année de fidélité, elle ne vint plus au parloir, le prévenant par courrier qu'elle se faisait la malle.

Jean avait très mal encaissé le coup, pendant plusieurs mois, couché sur son lit, il avait ruminé toutes les manières possibles pour choper cette salope et la fumer. Pendant des heures, des jours, des semaines, des mois il s'était raconté l'histoire.

D'abord l'étonnement sur sa gueule de salope, puis la peur et, là il se délectait de mille versions, lorsqu'elle lui deman-dait pardon, pitié. Enfin, retardant au maximum le moment, il sortait un calibre, vidait un chargeur dans le ventre de la salope, dans la tronche de la salope.

Un jour, comme ça, sans s'en apercevoir, il cessa de penser aux femmes et à la sienne. Il ne lui pardonna pas, il n'y pensa plus. Il se mit à faire de la musculation et rêva de fringues.

Ses rêves éveillés partaient dans tous les sens, il n'arrivait pas à les structurer, à les organiser. Jean pouvait s'imaginer avec une paire de pompes comme ci, un costard comme ça, etc., mais il n'arrivait pas à trouver une image de lui se promenant avec ces affaires-là. En prime, les couleurs, les modèles changeaient trop souvent au cours de sa rêverie. Il resta ainsi deux bonnes années, à s'agacer de se vêtir en rêve et à s'imaginer déambulant dans les rues.

Un jour, il trouva l'idée qui allait lui permettre d'avancer. Il se vit dans une pièce ronde avec plein de complets pendus à des cintres tout autour de lui, au-dessus, sur des étagères, des piles de chemises, en dessous, une rangée de paires de chaussures. Costumes, chaussures, chemises du même modèle, de la même couleur, de la même matière. La seule chose qui variait librement était la couleur de sa cravate. Il passa des semaines à s'habiller en rêve, toujours de la même manière, sans oser sortir de la pièce ronde.

Puis, enfin maître de sa tenue, il se permit de sortir dans les rues de Paris.

Cette rêverie devint une envie, puis un projet.

Aujourd'hui, à chaque changement de saison, il se rachète dix paires de chaussures, dix chemises, dix costumes, tous exactement identiques.

Jean n'est pas un rêveur.

Aucune absence chez cet homme.

Personne jamais ne dit de lui : « Tiens, il est encore dans la lune... »

Il n'est pas non plus ce que les gens appellent un romantique, ce qui pour eux est l'égal d'un rêveur.

Ni Louisette ni Marcelle ne diraient de lui que c'est un rêveur et encore moins un romantique. Pourtant, quelque chose chez lui les dérange, les inquiète, l'une et l'autre, mais pas exactement de la même manière.

Aucun homme n'a jamais fait l'amour à Marcelle comme Jean, aucun ne s'est jamais occupé d'elle comme lui sait le faire. Si elle sent, au moment d'être prise, qu'il est tout à fait présent, tout à fait à ce qu'il fait, Marcelle s'étonne que rien, dans ce qui précède, ne laisse vraiment supposer qu'il va la baiser. Après, à la seconde d'avoir joui dans sa bouche, elle semble ne plus exister pour lui.

Lorsqu'il donne à avaler sa semence à la femme à genoux devant lui, il est là tout entier, il donne l'impression de vouloir lui donner à boire et à manger, à elle et à aucune autre, qu'elle pourrait mordre, trancher sa queue pour l'avaler avec le sperme, qu'il serait toujours d'accord. Une fois sorti de sa bouche, à peine a-t-il tourné les talons, ce qu'ils viennent de faire n'a plus de réalité. Il pourrait en se retournant s'étonner peut-être de la voir nue, à genoux sur le lino de la cuisine.

Louisette, elle, jouit de la présence de cet homme dans sa maison, comme elle jouit, bien sûr sans se l'avouer, d'avoir un frigo, une télé et une voiture dans le box du parking. Elle a tout fait jusqu'à présent pour détenir Jean chez elle. Pour se rassurer, elle a noué les lanières, fermé toutes les possibilités de fuite, comme elle se rassure en fermant les cinq verrous de la porte blindée de son appartement ou le système antivol de sa voiture. Non pas pour retenir Jean, elle ne veut pas retenir un homme chez elle, ce qui lui laisserait penser qu'elle en a besoin. Elle veut le détenir chez elle et en jouir comme d'un meuble, d'un gadget pratique. Son besoin n'est pas de posséder passionnément son homme, mais de le posséder comme d'autres possèdent des objets d'art, autant pour en jouir chez elle que pour jouir de savoir qu'il est chez elle.

Avec Jean, elle est rassurée, jamais un homme n'a été si présent. Pas seulement parce qu'il ne découche jamais, qu'il sort très peu sans elle, mais on pourrait dire qu'avec lui elle a l'avantage de cumuler le meuble qui a sa place, l'objet d'art que l'on peut toucher et regarder, le gadget pratique. Bien entendu, Louisette serait scandalisée, si elle pouvait savoir ces choses, et les nierait. Pour elle c'est clair, elle aime Jean.

Il est bien là, bien présent.

Il prend de la place.

Il laisse une odeur dans l'appartement qui la chavire du sentiment de sécurité qu'elle ressent.

Il ne rêve pas, les yeux dans le vague, il n'a aucune occupation qui le sépare de la maison et d'elle, il ne s'intéresse quasiment pas à la télévision, encore moins aux sports.

Il est là.

Il est bien là, présent, elle n'a qu'à tendre le bras pour sentir sa queue se raidir.

Et pourtant quelque chose l'inquiète, l'agace.

Elle a un sentiment très vague qu'elle ne pourrait pas exprimer. Son homme est bien là en effet, mais Louisette sent qu'il pourrait être ailleurs, dans un autre appartement, avec une autre femme. Certes, elle le sait, il n'a aucune raison ni aucun désir de la quitter, de partir, ils en ont discuté et il est formel, Jean ne ment jamais. Reste cette vague intuition qu'elle pourrait très bien le retrouver assis dans le salon de la voisine, aussi naturellement que ce soir il le sera dans son salon. *Et cette salope ne demanderait pas mieux*, pense-t-elle entre ses dents.

Quelquefois, lorsqu'il se lève, qu'il se dirige vers la porte d'entrée, son cœur se pince, Louisette a l'impression qu'il va l'ouvrir sans se retourner pour aller cogner chez la voisine.

Le fait qu'il ne mente jamais ne la rassure pas plus.

Un homme qui ment montre par ses mensonges qu'il veut rester attaché aux choses et aux gens. Le jour où le menteur ne ment plus, c'est qu'il est à deux doigts de partir.

Jean n'est pas un rêveur, il ne vit pas dans le fantasme, il n'en a pas besoin, sa vie est bien réelle, bien concrète. La seule fois où il a vécu dans le rêve, en rêvant sa vie, c'est quand on l'a enfermé dans cette cellule, lorsqu'il s'est retrouvé interdit par les quatre murs et la porte fermée si absolument.

Il avait vu les murs se rétrécir autour de lui. C'est peut-être là la seule fois qu'il a eu une idée sur lui-même. Après beaucoup de souffrances, il s'était rendu compte qu'il était devenu, ainsi enfermé, impuissant.

Alors.

Sans le faire exprès.

D'instinct, tel un animal impuissant qui court jusqu'à s'épuiser, il s'était réfugié dans l'imaginaire. Pour la première fois de sa vie, il avait fui, mais lui ne s'était pas épuisé, il avait tenu.

Mais.

Aujourd'hui.

Devant ses dix costumes tous identiques, sans se le dire, sans le savoir, il est comme cet homme qui se demande s'il est un homme qui rêve qu'il est un papillon ou s'il est un papillon qui rêve qu'il est un homme.

Jean est-il réellement réel ou fuit-il encore ?

10

Le voilà prêt, sapé, cravaté, parfumé.

Dans une boîte à chaussures, glissée dans le fond d'une armoire, toute une collection de couteaux automatiques, il en choisit un au manche noir effilé, de l'ongle du pouce il descend le cran de sureté, appuie sur le petit bouton arrondi pour faire jaillir la lame, ainsi déplié le couteau fait bien trente centimètres. Il le casse en deux, remonte la sureté et le glisse à l'intérieur du veston, à l'endroit prévu pour le stylo. Il range la boîte, en tire une autre de laquelle il ponctionne une liasse de billets qu'il glisse dans la poche intérieure du veston, du même côté que le couteau.

Pas de papiers, pas de portefeuille, pas de clef, juste une paire de lunettes noires de montagne, avec des « œillères » en cuir.

La matinée est bien avancée lorsque Jean sort de l'appartement et se retrouve dans le couloir sans ouvertures extérieures, aux néons jaunâtres, aux murs recouverts de graffitis merdiques.

La concierge, femme de flic, a passé rapidement une serpillère sale sur le sol en laissant toute la merde sur le côté. À chaque étage cinq appartements, de chaque appartement s'échappe un bruit : derrière lui l'aspirateur de la grosse Marcelle, en face une radio, un môme qui chiale, il avance vers l'ascenseur, à droite une femme crie après quelqu'un, il appuie sur le bouton en plastique cassé et maculé de crasse, coup de pot il fonctionne, Jean tire la porte à lui, l'ascenseur est souillé des mêmes graffitis que les murs, apparemment la concierge n'a pas cru bon de passer sa serpillère dans cet endroit, on peut la comprendre, un type, ça ne peut être qu'un type, a pissé dans le coin de l'ascenseur, la flaque d'urine inonde la moitié du sol. Jean reste quelques secondes devant la porte ouverte, sans rien penser, l'odeur âcre de pissotière lui monte aux narines, il la laisse se refermer et s'engage dans l'escalier, endroit encore plus clos si cela était possible, encore plus sombre que le couloir.

À son étage la lampe a été cassée, la cage d'escalier presque aussi puante que l'ascenseur est faiblement éclairée par les lampes des étages supérieurs et inférieurs. Entre les deux Jean a repéré, les sachant là, les corps avachis des rats, comme il les appelle, une bande de jeunes toxicos des tours.

Les mains dans les poches, il entame les premières marches, le rouge d'une cigarette a vaguement éclairé un jeune visage. Jean s'est arrêté au bord du magma humain.

– Bougez-vous, les rats si vous ne voulez pas que je vous piétine la gueule !

– M'sieur Jean, répond une voix de garçon.

Jean le sait, ils ont bougé, il pourrait passer, mais il reste là, interdit comme tout à l'heure devant la pisse.

Il ne sait que penser ou, plus exactement, quelque chose en lui se dit qu'il devrait penser quelque chose ou, plus exactement, quelque chose en lui a bougé et le fait hésiter.

Il descend les marches lentement, perd l'équilibre et se rattrape en s'appuyant sur la tête rasée, à la crête d'Iroquois, d'un môme.

Il sert le crâne entre ses doigts et le secoue de gauche à droite.

– Qui c'est, l'Indien ? demande-t-il.

Une voix éraillée mais encore toute jeune, toute timide, répond :

– C'est Sylvie.

Jean revoit l'image d'une petite fille aux cheveux blonds et longs sur une bicyclette, c'était hier encore.

Il les a dépassés.

– Salut les rats, faites gaffe à vous.

Il accélère un peu, derrière lui le magma chuchote.

Il est presque au rez-de-chaussée lorsqu'il entend des pas dévaler l'escalier et une voix encore plus cabossée, plus grinçante que l'autre, l'appeler :

– Jean ! Jean !

– Qu'est-ce que tu veux, Babette ?

La fille ouvre la bouche, il détourne son regard des chicots qu'il vient d'entr'apercevoir. Seules les lèvres sont pulpeuses, le reste du corps est maigre, presque recouvert d'autant de tatouages que les murs.

– Tu n'aurais pas une cigarette ?

– Babette, tu sais bien que je ne fume pas.

Il a remarqué cette fille à cause des lèvres et des tatouages bleus. À plusieurs reprises, il a eu l'idée de coucher avec elle. Bien sûr il pourrait facilement, maintenant, il pourrait se faire sucer dans la cage d'escalier.

Ils restent face à face, Jean lui attrape le menton, elle porte trois petits anneaux à la narine gauche, il se penche, pose un baiser délicat sur les lèvres chaudes, encore vivantes, tire quelques billets de sa poche et les donne à la fille.

11

Jean ne formule pas de jugement sur lui même.

Jamais vous ne l'entendrez dire : « Je suis ceci ou cela. »

Le fait de porter un costume, une cravate et des pompes cirées n'a pour lui aucun rapport avec une quelconque étiquette dont il se servirait de carte de visite, d'ailleurs Jean n'a pas de carte de visite, d'aucune sorte, et n'a pas même l'idée d'en avoir une. Il n'éprouve pas le désir de se définir à ses propres yeux ni à ceux des autres, un trait de plus qui agace Louisette.

Il s'est arrêté dans l'entrée de l'immeuble, les boîtes aux lettres sont toutes cassées, remplies de publicités multicolores.

Devant lui, un peu sur sa droite, l'autre tour, à sa gauche un mur sale en pierre qui marque la frontière avec la vieille ville du bas, derrière un terrain vague qui aurait dû être, paraît-il, un parc. Au milieu du terrain vague, au milieu du béton, au pied des deux immenses tours, incongru, un arbre très haut, très large, très touffu, très vert. Des enfants jouent dessous. Jean regarde sa montre et note que les mômes devraient être à l'école. Une fraction de seconde, il prend conscience de cet arbre, là, au milieu, oublié, et se dit : *Les cons, ils n'ont qu'à aller voler...* Ainsi se débarrasse-t-il d'une pensée qui, sans qu'il le sache, lui trottait dans la tête au sujet des rats.

Si on le poussait vraiment dans ses retranchements - les flics, les juges, les socio-éducateurs avaient tenté de le faire - pour qu'il se définisse, pour qu'il se justifie, il ne saurait pas trop quoi répondre. À l'instant il pourrait dire, sincèrement, mais sans pouvoir se l'expliquer, qu'il est comme les rats.

Un après-midi, à la terrasse d'un bistrot, ses potes et lui avaient vainement essayé de comprendre comment on pouvait devenir rat ou clodo ou RMiste. L'un d'eux avait tranché : « Y ont qu'à aller voler ces cons ! »

Les gens qui le connaissent ou croient le connaître disent facilement de lui que c'est un instinctif.

Il y a dans l'instinct une intelligence, l'intelligence du réflexe conditionné par l'expérience.

Il y a dans l'instinct un calcul, un calcul a priori, naturel, qui permettra la fuite, au tout dernier moment, devant le danger de mort.

On peut parler de l'instinct, l'étudier.

Ce que les autres appellent un homme instinctif est un homme qui les surprend, mais ils sont facilement surpris.

L'instinctif, lui, se glorifie d'être un instinctif, il prétend le faire exprès : « Moi je vis à l'instinct ! »

Pas Jean.

Lorsqu'il a embrassé le rat et qu'il lui a refilé les billets, il l'a vraiment fait sans raison. Après coup, il n'essaie pas d'y penser, de se l'expliquer. Si on osait lui demander pourquoi il a agi de la sorte, il ne comprendrait pas la question.

– Il faut faire ce qui doit être fait, marmonne-t-il entre ses lèvres.

– Pardon ?

La concierge est devant lui.

– Vous m'avez parlé, monsieur Jean ?

C'est une petite bonne femme, sans doute jeune, avec un énorme tour de taille, elle n'est pas grosse mais, des genoux aux épaules, elle semble n'être qu'un tour de taille.

Il la regarde en souriant.

Avant d'être copine avec le flic, elle était copine avec Marcelle. Toutes les deux ont passé la majeure partie de leur jeune existence dans les caves des deux tours à sucer les bites qui se présentaient. Ce n'était pas des putes, elles ne se faisaient pas payer, pas vraiment, et elles ne suçaient pas n'importe qui, juste les garçons des deux tours, âgés de 13 à 20 ans.

Puis, elle s'était mariée au flic et son tour de taille avait pris de l'importance.

En la regardant toujours gentiment, il lui dit :

- Ils ont pissé dans l'ascenseur.

Elle se lance dans un discours véhément sur les rats et les vieux cochons d'ivrognes.

Il n'écoute pas.

Il sort quelques billets de sa poche.

- Il faudrait faire nettoyer...

Sachant qu'elle allait se payer la corvée, il regarde les enfants qui jouent alentour, et finit sa phrase :

- Pour les enfants.

Ce coup-ci, on approche franchement de midi.

Jean regarde sa montre.

Une idée lui traverse l'esprit et le surprend.

S'il fuyait.

Du coin de l'œil, il voit la tour à droite, le mur à gauche, le terrain vague en face, d'où l'arbre semble avoir disparu, il sent derrière son dos les boîtes aux lettres cabossées.

C'est sans issue.

S'il avait un peu d'instinct, il prendrait ses jambes à son cou, mais là il ne voit pas comment faire pour s'échapper.

- Ce qui est dit est dit et ce qui est là ne peut être autrement, murmure-t-il.

- Pardon ? demande l'ex-suceuse des sous-sols.

- Bonne journée.

- Bonne journée, monsieur Jean, et merci.

12

Au détour du mur de pierre, noir de saleté urbaine, Jean tombe dans un autre univers, c'est la vieille ville du bas.

Quelqu'un ne connaissant pas l'endroit serait surpris de passer d'un paysage de cité HLM, de terrains vagues et de parkings, à une petite rue grouillante de province. Toute l'activité et le territoire de Jean se trouvent là.

Son premier truc, et on pourrait parler de plaisir si ce n'était pas Jean, tellement il est évident qu'il le fait exprès, son premier truc en débouchant dans la petite rue est de tomber par surprise sur le toujours jeune mais changeant planton du commissariat du quartier.

– Ah! Voilà la police! s'écrie-t-il, les mains dans les poches de son costard croisé, le visage barré par un large sourire et ses lunettes d'alpiniste.

– Et alors, jeune gardien de la paix, on est puni?

Le policier a légèrement sursauté, surpris par l'homme qui vient d'apparaître d'un seul coup à côté de lui, un balaise faisant bien deux fois son poids et sa hauteur.

Il n'a pas vraiment compris ce que l'homme lui a dit, mais il a remarqué le costume chic, la chemise blanche, la cravate, même le commissaire ne porte pas un si beau costume, c'est un habit du dimanche ou pour aller à un mariage.

Il y a quelques jours, il était en faction devant la mairie, à un moment donné le maire est passé devant lui, il portait un costume similaire, le jeune policier pense alors à rectifier sa tenue. Le balaise l'a dépassé et lui parle encore :

– Huguette est de service ?

– Monsieur ? demande l'homme au képi encore troublé, cette fois par les lunettes d'alpiniste.

Comment peut-on porter ce genre de lunettes ici et avec un costume du dimanche ? Et puis... Et puis quoi encore... L'homme est sur le pas de la porte du commissariat.

– Vous désirez monsieur ?

Il se retrouve face à face avec les deux verres ronds opaques.

– Huguette, vous avez vu Huguette ce matin ?

Il y a aussi les cheveux coupés trop courts, rumine le flic, *et ce visage aux lèvres minces qui grimacent un sourire, et le gros nez de boxeur un peu aplati, et le front bombé de primate au-dessus des lunettes...*

– Holà chef, comment ça va ?

Du pas de la porte, l'homme, qui n'est certainement pas de la maison à cause du costume du dimanche et sûrement pas de la mairie à cause de sa sale gueule, interpelle quelqu'un à haute voix à l'intérieur du poste. Le jeune flic se penche entre le chambranle et les épaules carrées qui obstruent l'entrée. À l'intérieur, le brigadier, l'alcoolo comme il l'appelle, n'a pas levé la tête, pourtant l'homme a parlé bien assez fort.

Ce coup-ci il est entré carrément dans le poste de police, comme s'il était chez lui.

Sans retirer les mains de ses poches, il se plante devant le brigadier et s'appuie au comptoir.

L'alcoolo n'a toujours pas levé les yeux vers lui. Il brasse des papiers, l'air affairé.

Jean regarde le crâne de l'homme devant lui, les cheveux gominés, grisonnants. Le sourire aux lèvres, il suit des yeux le manège des mains.

- Alors brigadier, on fait la gueule ?

Le flic lève une demi-seconde les yeux sur lui, saisit une liasse de papiers et se retourne.

- Bonjour Jean, c'est le stress ce matin, j'ai pas une seconde.

- Mon pauv' chef ! C'est que vous tenez la maison sur vos épaules, attention, vous allez vous faire du mal.

Il se retourne à son tour et appuie son dos au comptoir.

- Eh ! Planton ! Sans le chef, je me demande comment vous feriez.

Il a élevé la voix. Le flicard dehors a vaguement cru qu'on lui parlait, il se penche à nouveau à l'intérieur.

- Pardon ?

Jean décolle du comptoir et s'avance pour sortir, il fait de nouveau une halte sur le pas de la porte.

- Alors gardien, avez-vous vu passer la belle Huguette ?

- Grand frère, on parle à la police maintenant ?

Juste en face, juste séparé par la largeur ombreuse de la petite rue, se trouve un bistrot aux portes grandes ouvertes d'où s'échappe une musique arabe qui vient mourir sur le trottoir du commissariat. Trois guéridons et six chaises tiennent lieu de terrasse et empêchent les passants de passer, ça les oblige à descendre du trottoir en maugréant : « Les bougnoules ils se croient chez eux, et les flics y peuvent pas leur dire de ranger leur bordel ! » Du côté du commissariat, ce sont les vélos et les mobs des fonctionnaires qui envahissent le minuscule trottoir.

À la porte du bistrot, Jean reconnaît l'une de ses sœurs, la plus vieille après lui, une année les sépare.

- Je cherche la belle Huguette, lance Jean à sa sœur, mais ce jeune policier ne veut pas me dire où elle se trouve.

Le jeune policier n'y comprend rien. Que fait ce gaillard sur le pas de la porte de son commissariat, à brailler ? À appeler un fonctionnaire de police en termes irrespectueux ? Et le brigadier qui laisse faire...

L'énergumène semble appartenir à la famille de la blondasse qui est mariée au crouillat d'en face. Ils tiennent le bistrot, un repère de voyous, a prévenu le commissaire : « Faites attention lorsque vous y allez manger ou boire un coup, faites attention à ce que vous dites et à qui vous parlez. »

Tout le commissariat va manger chez l'Arabe d'en face. Spécialités de couscous et de paella, un délice, et copieux. Puis après le service, on y passe pour l'apéro. Ils offrent avec le pastis des amuse-gueules, le fonctionnaire dodeline du chef : *C'est des malins, ces Arabes, ce n'est pas dans les bistrots auvergnats qu'on verrait ça.* C'est aussi chez eux que l'on commande les casse-croûte pour les policiers en service qui ne peuvent pas bouger. C'est la blondasse, en général qui les apporte, elle aussi se promène comme à la maison dans le poste. Le planton siffle entre ses dents : « Ouvert de six heures le matin à quatre heures le lendemain matin, c'est des malins ces Arabes, ils travaillent en famille. »

Le bistrot d'en face est devenu l'annexe du commissariat.

– Je l'ai vue partir à pied avec l'un de ses collègues, ta chérie, renvoie sa sœur à Jean.

– Oh ! Brigadier, tu viens boire l'apéro ?

– J'ai du boulot, répond le gradé sans lever les yeux.

– Je t'attends, dit Jean en faisant un pas sur le trottoir.

Il regarde le planton et traverse.

Le temps d'embrasser sa sœur et le brigadier sort du commissariat pour le rejoindre.

Le planton grimace méchamment en voyant passer l'alcoolo, son supérieur.

Une fois, lui et quelques collègues avaient fait une sacrée affaire en achetant à un type qui fréquente le bar de beaux blousons en cuir, pas chers, de marque, une fin de stock : *Les Arabes y sont malins comme les juifs...*

– Si j'avais su, j'aurais fait gardien de la paix, lance Jean au brigadier, qui vient de poser son képi sur le comptoir.

Adeline, la sœur de Jean, sert deux pastis aux deux hommes.

– À ta santé !

L'alcoolo lève son verre et boit.

Jean lève aussi son verre.

– À la tienne !

Mais ne boit pas.

Il ne boit jamais les jours où il doit bouger.

Adeline remplit le verre vide du policier et mime le geste pour le verre de son frère. Son cœur bat un peu plus vite, sa main a un peu tremblé, presque rien, une très légère excitation, elle le sait, les jours où son frère ne boit pas sont les jours où il va se passer quelque chose. Ce n'est pas lui qui en parle, il ne parle jamais de ces choses-là. Mais ici, allez savoir pourquoi, comment, tout se sait. De bouche à oreille, les gens du quartier arrivent toujours à savoir, ou croient savoir, ce que Jean et ses complices ont fait.

Le brigadier a éclusé son deuxième pastis, elle le ressert. *Lui aussi doit savoir*, se dit-elle.

Adeline est très fière de son frère, ce n'est pas exactement de l'admiration mais un sentiment plus confus.

Elle ne se présente jamais en disant : « Je suis la femme de... ou je suis la fille de... mais je suis la sœur de Jeannot. » S'y ajoute un ton entendu qui semble faire d'elle sa complice.

Il y a beaucoup de Jean dans le quartier et beaucoup de Jeannot, mais il n'y a qu'un seul Jeannot d'en bas, tout le monde sait de qui on parle.

Complice, elle ne l'est pas, elle se tait sur les agissements de son frère, elle jouit de sa notoriété, mais ça s'arrête là. Elle et son mari sont deux commerçants foncièrement honnêtes. Ce qu'elle accepte de son frère, elle ne l'accepte de personne d'autre. Son mari, un Tunisien de dix ans son aîné, a aussi un sens très absolu de l'honnêteté. Il refuse de savoir ce que fait son beau-frère, tantôt il ose quelques mots de morale qui finissent toujours par : « Jeannot, au lieu de faire des choses pas belles avec tes amis, pourquoi tu t'associes pas avec ta sœur et moi ? Si t'as pas d'argent, je te prête. »

La première fois qu'Adèle a compris ce que Jean faisait, elle avait 13 ans. Il s'était enfermé dans sa chambre avec les deux autres, les mêmes qu'aujourd'hui. Curieuse elle avait frappé à la porte sous un faux prétexte, ils avaient ouvert, Jean tirait la fermeture Éclair d'une trousse de toilette où apparemment il avait caché quelque chose. Il avait oublié entre les plis des draps grisâtres du lit, sur lequel les trois étaient assis, une petite boucle d'oreille créole, en or émaillé de vert. Elle l'avait vue, il avait vu qu'elle avait vu : « Tiens sœurette, cadeau, fais attention, c'est de l'or. »

Des jours plus tard, le jour de la douche, enfermée nue dans la salle de bains, devant le miroir, elle avait accroché le bijou à son oreille gauche. Elle avait ressenti une sorte d'étourdissement, une grande chaleur avait mis le feu à son visage, elle était restée quelques secondes ainsi et avait décroché la créole.

Jean sourit, sans moquerie, en voyant Adèle servir un troisième pastis au brigadier.

– Allez, santé !

– Santé !

En quelques minutes, le képi a avalé sa dose d'alcool.

Plus grand que lui, Jean regarde avec insistance les cheveux gominés, le visage d'un rouge écarlate du flicard.

Il l'a remarqué, les jours où il doit taper, il ressent une acuité plus grande de tous ses sens, il remarque d'infimes détails qui, les autres jours, lui seraient passés inaperçus.

– Allez, y faut que j'y aille ! bafouille l'alcoolo.

Il pose son verre vide sur le zinc, son képi sur sa tête rouge.

– À plus tard p'tit, lance-t-il à Jeannot.

Il salue Adèle de la main, traverse la petite rue et s'engouffre dans le commissariat pour y faire son devoir.

Le soleil a bougé, éclairant la petite rue.

Jean a accompagné le fonctionnaire jusqu'au seuil du bistrot.

Il ne l'a jamais raconté à personne, à un moment de son adolescence il avait pensé à se faire flic. Pas n'importe quel flic, CRS, et pas n'importe quel CRS, celui casqué, habillé tout en noir avec le bouclier et la matraque. La vocation lui était venue en Mai 68, pendant la soi-disant révolution à Paris. Soi-disant, car Jean ne savait pas ce qu'était une révolution. Mai 68 avait été pour lui un long mois de dimanches ensoleillés, il avait 15 ans, avec ses deux potes ils s'ennuyaient au pied des tours de la cité à regarder les travailleurs sans travail jouer à la pétanque. Dans les étages, leurs femmes avaient été prises de frénésie. Les trois jeunes voyous montaient et descendaient en courant les escaliers des HLM, se croisaient avec de grands rires. Ils sonnaient à des portes que des femmes ouvraient en robe légère et là, dès l'entrée souvent, s'envoyaient en l'air avec des dames qui ne demandaient que ça. Les nichons débordaient des robes, les fesses fraîches ne portaient pas de culotte. C'était un jeu, un tour de manège. Les trois compères sautaient d'un cheval de bois à une voiture de pompier, en passant par un petit cochon rose sellé.

Quelquefois, emportés par le jeu, ils passaient plusieurs fois chez la même femme, qui ne savait que dire : « Oh ! Mais... petit voyou... petit voyou... »

Essoufflés, les joues rougies par la course, les adolescents rejoignaient leurs mères assises sur des bancs à regarder leurs maris jouer aux boules, surveillant d'un œil la smala des copines restées à la maison pour faire du repassage, reculottant leurs fils : « Mais regardez-moi ça, dans quel état vous vous êtes mis, avec cette chaleur, à courir dans tous les sens. » Et puis, un cocu refilait dix ronds aux « mômes » pour qu'ils aillent s'acheter une glace à l'eau.

Un jour, l'un des trois, plus curieux, se demanda s'il n'y avait pas des jeux plus amusants et intéressants dans ce

Paris en révolution, le deuxième parla de boutiques éventrées, le troisième haussa les épaules et suivit le mouvement.

C'est à ce moment-là que Jean eut la vocation de devenir CRS.

13

En descendant sur Paris pour aller voir les événements, ils avaient pensé commettre des vols. C'est que les trois compères avaient des prétentions à devenir des voyous de première qualité.

Penser à voler, c'était donner du sérieux à leur aventure. En vérité, ils ne voulaient pas se l'avouer, tout n'était que jeux pour eux. À leur insu, c'est ce qui les avait sauvés pendant les premières années de leur voyoucratie.

Ils se prenaient au sérieux, avaient des mines et des manières de méchants, ce qu'ils pouvaient être à l'occasion, mais ils riaient de leur vie, ils riaient du monde. En privé, quelquefois ils riaient d'eux-mêmes.

Pendant ces quelques jours de révolution avec plus d'argent que les étudiants et d'autres plus vieux qu'ils côtoyaient, ils n'avaient rien volé. Ils voulaient garder leur liberté de mouvement, les mains dans les poches en sifflotant ou accompagnant la foule, en courant comme des dératés. Aussi n'avaient-ils pas volé parce qu'ils avaient une haute opinion d'eux-mêmes, que le pillage n'était pas dans leurs manières, surtout quand ce n'était pas eux qui l'avaient organisé.

Tout le côté politique de Mai 68 les dépassa complètement. Ils essayaient bien ici ou là de comprendre un discours, une conversation, mais ils n'arrivaient pas à en saisir le sens.

Les orateurs semblaient parler une autre langue. Jamais ils n'avaient rencontré un ramassis de si grands causeurs.

Pour les femmes, c'était autre chose.

Apparemment, ils étaient les seuls à rater la libération sexuelle. Les filles ne les prenaient pas au sérieux, celles qui voulaient bien se laisser approcher jouaient les vierges effarouchées dès qu'il fallait passer à l'acte.

Par contre les trois amis avaient découvert Paris, en marchant tranquille dans les rues désertes ou en filant sur les boulevards dans de folles cavalcades, quartiers Saint-Michel, Saint-Germain, la Sorbonne.

Dès qu'ils avaient trop faim ou marre du chahut, ils retrouvaient les Mobylette bleues qu'ils avaient volées dans leur banlieue et allaient manger sur les Champs-Élysées ou à Pigalle.

Bien sûr il couraient, chantaient, scandaient des slogans avec les jeunes qui tenaient les rues, les visages cachés par des foulards ils retournaient des voitures avec les autres. Par contre, en bons voyous, ils répugnaient au travail manuel et ne filaient pas la main pour dépaver ou monter des barricades. Au début, avec de grands rires, ils avaient jeté des trucs dans la direction des flics, puis l'un d'eux avait reniflé qu'il y avait des cognes parmi les manifestants, du coup, discrets, ils avaient cessé de jouer les grenadiers.

Jean était emporté, enivré. Pourtant, quelque chose le gênait. Il trouvait tous ces jeunes bruyants, bavards, sales, bordéliques, désordonnés. Ils couraient dans tous les sens, montaient des barricades de bric et de broc, s'asseyaient par terre.

En outre, il y avait les gonzesses, qui apparemment avaient été conviées à la révolution, révolution qui, comme la voyoucratie, aurait dû rester une histoire de mecs. Les filles dans le décor ne faisaient pas sérieux, elles apportaient de la détresse, des sourires et de l'intelligence, là où il aurait fallu de la force, des mâchoires crispées et de la violence.

Quelquefois, seul, il s'était avancé à la pointe des manifestants qui criaient « CRS SS ! », il s'était aventuré dans le no man's land, entre les jeteurs de pierres et la masse noire des forces de l'ordre. Il les regardait, immobile, subjugué par quelque chose qu'il ne comprenait pas, par cette masse sombre, mouvante, sans à-coup, silencieuse, dangereuse, virile, avec l'éclat des armes et des boucliers. En s'approchant encore plus près, il entendait les aboiements des officiers, qui tenaient leurs hommes ou les encourageaient. Soudain, tous ensemble, ils se mettaient à frapper leurs boucliers à la matraque ou à frapper le sol avec les plaques de couche de leurs fusils. La masse noire se mettait alors en mouvement, d'abord imperceptiblement, puis au pas cadencé elle prenait de la vitesse et, dans un « Hourra ! », elle se lançait à l'assaut, course aussi folle que celle des manifestants.

Derrière eux, la rue redevenait silencieuse, en ordre, comme propre.

Il s'était approché si près, au moment de la charge, que les premiers flics étaient à quelques pas de lui, il avait eu l'impression de faire partie du groupe de CRS. Jean voyait les manifestants s'enfuir devant lui, il jouait au CRS, l'envie lui était venue de se laisser rattraper mais, en entendant le souffle des brutes dans son dos, un grand rire lui était monté du ventre et il avait filé tel le vent. « T'es frappadingue ! » avait lancé un de ses amis, en même temps qu'une calbotte.

C'est ce jour-là qu'il s'était dit : *Je serai CRS*.

Ce qui l'emmerdait, c'étaient les deux autres. Jean le savait, ils n'accepteraient jamais de devenir flics, et les gens de la cité, famille comprise, allaient le rejeter à tout jamais.

14

– Salut, petite sœur, à plus !

Jean quitte le restaurant, fait deux cents mètres sur le trottoir pour rentrer dans le bar, bureau de tabac, marchand de journaux d'à côté. Là, derrière le comptoir, une autre de ses sœurs travaille, elle est employée à tout faire. C'est un très vieux bistrot, sombre, qui sent le vin rouge et l'humidité, tenu par une très vieille femme, aussi vieille que le quartier. En vérité, c'est la sœur de Jean qui tient l'établissement, rendez-vous de tous les vieux ivrognes retraités. La vieille est assise dans un coin, toute la journée elle sirote du blanc cassis. La clientèle est calme, buvant son vin d'une main tremblante, ou se roulant une cigarette de tabac brun. On toussote, on lit le journal, on commente les nouvelles sur un ton entendu. Jean embrasse sa sœur, embrasse la vieille femme, paie une tournée générale en répondant gentiment au salut des vieux. Il sort.

Il s'arrête un instant sur le trottoir pour mater, caché derrière ses lunettes de soleil, la parfumeuse d'en face. Elle papote avec une cliente sur le pas de sa porte. Ensemble couleur cannelle, pantalon et chemisier blousant, peau bronzée toute l'année, lèvres pulpeuses coloriées en rose, dents plus que blanches.

Cette jeune femme a le don d'attirer et de tenir à distance le voyou.

Elle a remarqué sa présence de l'autre côté de la rue, son regard passe une demi-seconde sur le garçon, un regard qui se veut hautain, qui veut marquer une distance, un fossé.

Elle s'applique dans la conversation avec sa cliente.

Jean est imperméable à ce genre de regard, à l'air prétentieux de la fille. Une fille est une fille, il ne prête pas beaucoup d'attention aux manières des filles.

Il met les mains dans ses poches et tourne les talons en sifflotant.

La parfumeuse jette un nouveau coup d'œil rapide mais plus insistant vers l'homme qui s'est mis en mouvement.

La cliente arrête son monologue et regarde dans la même direction.

– Ce quartier a bien changé, vous savez ? dit-elle en regardant le large dos de Jean.

– Avec mon mari, nous pensons faire comme vous, prendre un appartement dans le haut de la ville.

La courte rue donne sur une petite place en demi-cercle, coupée par une artère plus large qui monte vers la ville du haut et descend vers la Seine.

Sans plus s'occuper des trottoirs, faisant tout juste attention aux voitures, Jean traverse la place en diagonale.

Le P'tit Franck lui fait signe de la main.

Francky son ami de toujours, depuis l'école maternelle, discute paisiblement avec sa femme, une blonde platine habillée en cuir. Ils sont devant la vitrine de leur magasin de motos, vélomoteurs, vélos, vente et réparations. Franck est mécano.

Les deux amis s'embrassent, Jean embrasse la femme de son ami.

– On y va ? dit Franck.

15

Le soleil tape bien, soleil de midi en banlieue parisienne, ricochant sur toutes les vitrines aux taches huileuses, éclairant la crasse des murs, la rouille des voitures.

Jean est mal à l'aise. Heureusement, ses yeux sont bien protégés par les lunettes de montagne, mais il lui semble que son costard et sa chemise se défraîchissent à la vitesse grand V, ses pieds ont triplé de volume.

Quelque chose, en plus du soleil, ne va pas.

D'un seul coup, une idée, une envie, un désir s'imposent brutalement à lui, le font vaciller. L'idée de s'arracher, d'aller voir ailleurs, de s'évader. Il sent son corps faire le mouvement de tourner les talons et de marcher vers ailleurs. Il ne sait pas vers où. Des images, une mer scintillante, une plage blanche, un saule pleureur au bord d'une rivière ombragée.

– On y va, Jeannot?

Il se tourne vers Franck.

– Si on allait au bord de la mer?

– Ouais! C'est une bonne idée, on peut descendre sur la côte ce week-end avec les frangines.

Ils longent la devanture de la brasserie, elle occupe la moitié du demi-cercle de la placette, font attention à ne pas bousculer les guéridons en terrasse et à ne pas s'accrocher aux voitures garées en épi.

L'intérieur de la brasserie est rempli d'ombre fraîche, malgré les portes largement ouvertes sur le soleil du dehors, des voix les saluent, ils font signe de la main sans voir à qui ils répondent.

Jean remarque une femme aux cheveux noir corbeau, permanentés, avec de grosses boucles d'oreille en forme de marguerites blanches. Elle s'installe à côté d'une petite table, ses lunettes sont du même style que les boucles d'oreille. Elle porte une robe en satin, soutenue par deux minces bretelles, dévoilant ses bras et ses épaules. Elle allume une cigarette, une multitude de bracelets blancs s'entrechoquent à ses bras. Elle commande un café, ouvre un magazine et, l'air de rien, sous le prétexte de prendre le soleil, remonte sa robe en haut de ses cuisses. Une voiture démarre dans un nuage bleuté.

Le P'tit Franck.

Ils ont toujours été ensemble. Ils ne se sont jamais quittés, ont tout partagé. Caché derrière ses lunettes, Jean regarde son ami. Franck lui parle du week-end à venir, tout en faisant attention aux voitures qui circulent.

Jean est en train de se dire quelque chose. Les mots viennent à son esprit et il réalise d'un coup : Jean aime Francky, il l'aime comme un frère, comme un fils, comme un ami. Cette idée toute nouvelle le déroute, car elle arrive accompagnée, collée à une autre. Pour la première fois de sa vie, il a envie de quitter Francky, de le laisser tomber, là au milieu de la rue, de le fuir. Il se rend compte de l'amour qu'il porte à son ami alors même que celui-ci devient une sorte d'étranger. Tel un homme sur le pont d'un bateau, il voit les côtes du pays qu'il aime s'éloigner, tout en sachant qu'il n'est pas de ce pays, qu'il commence déjà à l'oublier.

Il n'y a pas de meilleur ami que Franck, le cœur sur la main, toujours serviable, un blanc-bleu sur qui on peut compter.

C'est le chauffeur de l'équipe, quoi qu'il arrive Jean, sait qu'il retrouvera son ami dehors, au volant de la tire.

Ils s'apprêtent à traverser la rue, pile face à la bijouterie tenue par Louisette et Sylvie, une autre sœur de Jean. À droite de la bijouterie, une épicerie arabe achalandée sur le trottoir en fruits, légumes et deux gros sacs de cacahuètes. À droite de l'épicerie, une salle de jeux électroniques bondée de lycéens et d'écoliers sortis des établissements des environs. La salle de jeux appartient à Mohamed, l'ami d'enfance et l'associé de Jean et de Franck, cousin de l'épicier, marié à Sylvie, la troisième sœur de Jean.

Momo, Louisette et Sylvie sont en pleine discussion avec le cousin épicier, devant les fruits et légumes.

– Oh! Les commerçants, lance Jean, en faisant attention aux voitures.

Louisette, qui a retiré sa veste sous le soleil et décroché deux boutons de son chemisier blanc, laisse entrevoir son soutien-gorge, Momo toujours tiré à quatre épingles porte un veston pied-de-poule, une chemise bleu ciel et une cravate à motifs vert pétrole.

Jean l'embrasse comme il a embrassé Francky, il s'est aspergé d'eau de toilette qu'il renouvelle à longueur de journée.

Franck lui lance régulièrement pour le chambrer : « Un jour, Momo, avec ton sent-bon, les témoins vont nous retapisser rien qu'à l'odeur! » Jean ne dit rien, il sait d'où vient cette habitude. Il se penche vers Sylvie pour l'embrasser, elle aussi sent bon, ils s'effleurent à peine, il y a beaucoup de non-dit entre la sœur et le frère à cause de Momo.

Sans le dire à personne, un secret à elle, Sylvie a décidé de s'élever dans l'échelle sociale.

16

Tout particulièrement ce midi, en pleine chaleur, Sylvie a le don d'exaspérer son grand frère, d'autant plus que Jean est parcouru par des pensées, des sentiments tout à fait nouveaux. Nouveauté aussi, ce trouble chez lui, cette impression de ne plus vivre dans le présent.

S'élever dans l'échelle sociale, Sylvie n'a jamais parlé de ça devant lui, mais la chose est bien connue dans la famille. S'élever dans l'échelle sociale ou péter plus haut que son cul.

Au début Jean s'en était amusé, il défendait sa sœur raillée par la tribu. On l'avait regardée de travers lorsqu'elle avait voulu faire des études – passer un CAP de coiffeuse-esthéticienne – à la sortie de l'école obligatoire. « Madame veut devenir esthéticienne », se moquaient les autres sœurs sur un ton pincé à la Marie-Chantal.

Des esthéticiennes, il n'y en a pas dans la ville du bas, dans la ville du haut il y a un institut de beauté où Louisette et Sylvie sont abonnées à l'année. Jean n'a jamais su ce qu'il était advenu des études de sa sœur, et ne le lui a jamais demandé.

Maintenant, Sylvie veut être bijoutière comme son amie Louisette, une seconde mère dit-elle souvent. Les relations entre Sylvie et Jean se sont pourries quand elle a mis le grappin sur Momo. Un choix qui a surpris dans le quartier, pour une fille qui prenait des airs, se retrouver mariée avec un Arabe, on riait sous cape. Jean aussi avait été étonné, il n'en avait pas parlé à sa sœur mais s'était tourné vers son ami. Pour Momo tout était OK, alors pour Jean tout était OK aussi.

Momo s'habillait en loubard de banlieue, avec toutefois des cuirs à cinq ou dix mille balles. Le look loubard ne plaisait pas à Sylvie, alors il a commencé à porter des costumes et des cravates, persuadé que cette idée venait de lui.

Il pratiquait plusieurs sports : foot, full contact, natation. D'une hygiène irréprochable, il passait son temps dans ou sous l'eau.

Un jour il avait sorti à ses amis : « C'est drôle, hein. Chacun a son odeur... Les Blacks et les Blancs sentent pas pareil... Y paraît que les Jaunes eux y sentent rien. Les Arabes aussi ont une odeur, c'est comme ça, c'est la nature. »

Ainsi avaient-ils appris que leur ami n'était pas un Blanc et qu'il se prenait pour un Arabe. Depuis cette époque, Momo avait pris l'habitude de s'asperger d'eau de toilette. Il avait ouvert sa boîte de jeux électroniques et pense désormais acheter une bijouterie à sa femme dans la ville du haut, projet qui fait marronner Louisette.

Le seul véritable empêchement à ce projet vient des flics. Ils n'accepteraient jamais que des voyous du Bas s'installent en Haut. Déjà les trois amis serraient les fesses et marchaient sur la pointe des pieds pour les deux, trois sous qu'ils avaient placés ici ou là.

Une fois, un flic de la BRB locale était passé au magasin de Franck pour acheter un vélo à son fils. Comme Franck ne semblait pas vouloir lui en faire cadeau, il avait dit en quittant le magasin : « Le P'tit Franck, un jour, il faudra qu'on vienne contrôler ce que tu fous avec tes motos. »

– Bon, à table, j'ai faim ! lance Jean.

Sa chemise colle à son dos, à cause de la transpiration.

Le cousin épicier est invité à l'apéro, il se retourne et crie quelque chose en arabe à l'intérieur de la boutique, une voix de femme lui répond sur le même ton, et les voilà partis.

Momo et Jean s'arrêtent quelques secondes à la devanture d'un magasin de vêtements pour hommes et femmes, l'épicier et Franck partent en avant.

Une femme sort de la boutique se protégeant les yeux du soleil avec la main.

– Bonjour messieurs.

S'adressant à Jean :

– Il y a longtemps que vous n'êtes pas passé nous voir.

Elle s'est déhanchée légèrement en prenant la pose.

– Quelle belle journée, n'est-ce pas ?

Ils échangent quelques mots sur la belle journée.

Louisette, qui s'apprêtait à entrer dans sa boutique, voyant son homme bavasser avec la prétentieuse d'à côté se souvient d'un truc important à lui dire.

Les quelques pas rapides ouvrent son chemisier, laissant percevoir un sein gonflé par le soutien-gorge.

– Mon chéri.

Elle attrape son homme par le bras.

– Excusez-nous, dit-elle à la prétentieuse.

– Tu repasses à la boutique ?

Jean a une vue plongeante sur le large décolleté.

– Oui, en fin de journée.

– Faites attention.

Ils rattrapent Franck et l'épicier rigolards devant la vitrine de la boutique de lingerie fine.

– Qu'est-ce qui vous fait marrer ?

– C'est le cousin qui me raconte que quelquefois, le soir, il vient mater la vitrine.

– C'est mieux que Canal +, renchérit le cousin en se fendant d'un sourire sur des chicots noirâtres.

Jean regarde la vitrine, il admet qu'il y a de quoi imaginer des choses. La prétentieuse et son déhanchement, sa femme les seins à l'air, le soleil, il se sent de nouveau coincé.

Le restaurant est à côté.

– Allez devant, je vous rejoins.

Jean pousse la porte du magasin d'articles féminins devant ses trois collègues ébahis, ils restent quelques secondes en arrêt, alors qu'il a déjà disparu.

La toute petite boutique est sombre, fraîche. Silencieuse.

Soleil, bruits, poussière sont restés à l'extérieur.

– Bonjour, jeune homme.

Une femme aux cheveux blancs, coupés très court, le regarde.

Elle n'est pas grande, mais il lui semble qu'elle lève le regard vers lui plus qu'il ne faut.

Elle a les mains jointes derrière son dos, elle porte une robe noire sans manches, son cou très fin et ses bras menus sont libres, pas de bague, pas de collier, pas de bracelet, pas de montre.

Rien.

Juste la robe noire, les cheveux blancs et elle.

– Vous désirez ?

Elle n'a pas bougé, le regarde pareillement.

Jean a froncé les sourcils.

– Je ne vous connais pas...

– Pardon ?

– Je veux dire... Je ne vous ai jamais vue dans le quartier ?

– Ah...

Ils restent un moment silencieux.

Elle sourit.

Cesse de le regarder.

– Moi par contre je vous connais.

Elle s'est déplacée.

– Je vous ai vu grandir.

- Ah ?
- Vous désirez quelque chose ?
- Heu... Il y a longtemps que vous tenez ce magasin ?
Elle lui a tourné le dos.
- Un peu plus d'un an, depuis que j'ai été mise à la retraite.
Elle revient avec un verre d'eau fraîche.
- Tenez.
Il boit.

17

– C'est un drôle de magasin.

Il rend le verre vide, embué.

Elle se détourne à nouveau.

– Et qu'a-t-il donc de si drôle ?

– C'est-à-dire... C'est drôle qu'une femme comme vous tienne ce genre de boutique.

– Et que savez-vous des femmes comme moi ?

Elle est revenue se planter devant lui.

Une goutte de sueur roule sur le front de Jean, il chancèle.

– Vous n'avez pas l'air bien, vous n'allez pas vous évanouir, vous êtes trop lourd pour que je puisse vous retenir.

– Ça va... Ça va...

– Venez vous asseoir là.

Elle lui désigne une chaise au fond du magasin.

Il s'assoit, se redresse.

– Je voulais dire une femme comme vous... Un magasin de tenues sexy... Votre vitrine attire tous les obsédés du quartier.

– Arrêtez de dire une femme comme moi, c'est énervant, on dirait que vous vous adressez à une extraterrestre !

Elle a pris un ton un peu sec.

– Excusez-moi.

– Ne vous excusez pas, ça ne vous va pas, vous n'avez pas l'air sincère. Vous allez mieux ?

– Vous connaissez des gens qui sont sincères quand ils s'excusent ? Ça va mieux, je ne sais pas ce que j'ai depuis ce matin.

– Je suis toujours sincère lorsque je dis quelque chose... Vous savez très bien ce que vous avez.

– Oui et non, une drôle d'impression.

– Quelle impression ?

Il la regarde avec encore plus d'attention, cette femme est très belle.

– C'est un secret.

Elle s'est assise sur une petite table laquée et a croisé les jambes.

– Si vous me dites votre secret, je vous dirai le mien.

Il s'est levé.

– Je voudrais vous acheter ceci.

Il montre sur un mannequin sans bras, sans jambes, sans tête, un body-string en dentelle bordeaux.

Elle n'a pas bougé.

– Oui, pour la bijoutière ?

– Non, pour la parfumeuse.

– Tiens, la parfumeuse...

Ils sourient.

– J'ai pensé que le bouquet de fleurs ferait trop bien élevé de la part d'un type comme moi.

– Un type comme vous ?

Il s'est approché d'elle.

– J'aimerais vous embrasser...

– Pourquoi ?

– Eh bien, une femme comme vous et un type comme moi devraient s'embrasser, vous ne trouvez pas ?

– Je crois que vous vous défilez.

Il fait mine de ne pas comprendre.

– Vous savez très bien de quoi je veux parler, votre secret contre le mien.

– Si on s'embrassait d'abord ?

– Pas sérieux, je pourrai être votre grand-mère.

– Connerie !

– Ah, non !

Elle a décroisé ses jambes et glissé de la table

– J'ai horreur des mots grossiers.

– Excusez-moi, mais connerie quand même.

– Quelle taille fait votre parfumeuse ?

Elle lui tourne le dos.

Il s'approche pose ses mains chaudes et humides sur ses épaules dénudées.

Elle n'a pas bougé.

– Vous avez les mains moites.

Il ne retire pas ses mains.

– D'accord, je vous dis mon secret.

Il retire ses mains.

Elle va au fond du magasin et revient avec une serviette blanche.

Il s'éponge le visage et les mains, longuement, minutieusement, lui rend la serviette qu'elle garde entre ses mains. Elle s'installe de nouveau à la petite table.

– Je vous écoute.

Jean ne sait pas encore ce qu'il va dire à cette femme.

– Et si nous faisions l'amour ?

– Où ? Ici ?

– Pourquoi pas ?

– Ne racontez pas de conneries !

– Une femme comme vous, dire des grossièretés comme un vulgaire voyou, vraiment !

– Pourquoi ? Vous êtes un vulgaire voyou ?

– Oui.

– Et ce secret ? J'attends.

Il retire ses lunettes, elle reprend :

– Vous avez raison, pour dire un secret, il est préférable de ne pas trop se cacher.

– Je ne me cache pas, je ne me suis jamais caché, vous me prenez pour un froussard.

– Je ne vous prends pour rien du tout, c'est vous qui vous prenez pour un vulgaire voyou. Vous n'avez jamais peur?

Il s'est tourné vers la rue éblouissante de soleil.

– C'est justement là le problème.

– Pardon?

– Je dis, mon secret, c'est celui-là... Je crois bien que j'ai peur.

– Vous n'en êtes pas sûr?

– Non.

– Vous ne savez pas si vous avez peur ou pas?

– C'est ça.

– Je ne comprends pas, on sait si on a peur ou pas. Et vous avez peur de quoi?

– Vous, vous êtes bien le style de gonzesse à tout savoir, n'est-ce pas?

Elle rigole doucement mais sincèrement, le regard pétillant de joie.

– Pourquoi riez-vous?

– C'est la première fois de toute ma vie que l'on me traite de gonzesse, rien que pour cela, si je n'avais pas l'âge de votre grand-mère, je ferais bien l'amour avec vous.

– Arrêtez avec ça, vous n'avez absolument pas l'âge de ma grand-mère! Vous aussi vous avez envie?

– Vous en connaissez beaucoup des gonzesses qui savent tout?

– J'en connais beaucoup qui croient tout savoir.

Elle s'est mise debout à nouveau, s'approche de lui, le regarde dans les yeux, pose une main sur lui, fine, blanche, tachée de minuscules taches brunes.

– Et de quoi avez-vous peur?

Jean a posé un doigt léger sur une des veines qui se dessine sur le dessus de la main, il la porta à ses lèvres et dépose un baiser, sans aucun doute le baiser le plus tendre, le plus amoureux qu'il ait offert de son existence.

Elle a fermé les yeux.

Il chuchote :

– Je peux vous dire mon secret ? J'ai peur. Mais à quelles occasions j'ai peur est un secret que je partage avec d'autres, vous comprenez ?

Elle a rouvert les yeux.

– Oui.

– Alors maintenant, à votre tour, dites-moi comment et pourquoi ce magasin de tenues sexy.

Elle s'est éloignée de lui.

– Vous connaissez, je le sais, l'institution pour jeunes filles, vous faisiez partie de ces petits voyous qui lançaient aux demoiselles des propositions malhonnêtes, qui les faisaient rougir et rêver, du moins celles qui en comprenaient le sens.

– Nos propositions n'étaient pas aussi malhonnêtes que ça, ces jeunes filles en blazer bleu et jupe grise, accompagnées de bonnes sœurs, nous intimidaient.

– Un jour, l'une d'entre elles est venue me trouver. "Mademoiselle, un voyou m'a crié en passant sur son vélomoteur : tu le veux mon gros saucisson dans le derche." Pour le saucisson, je me doutais de ce que cela pouvait figurer mais le derche...

– Vous y avez travaillé ?

– Quarante années... Professeur de littérature et d'espagnol.

– Et vous êtes restée mademoiselle.

– Oui, mais j'ai appris ce qu'était le derche.

18

– Et alors ?

– Un jour, je suis descendue jusqu'ici. Le magasin était déjà un magasin pour femme. Comme ça, par curiosité, je suis entrée.

Jean s'assied sur la chaise et la regarde, elle est vraiment d'une grande beauté, il en est bouleversé. Ce bouleversement a remplacé le malaise qui le tient depuis le matin.

Elle est perdue dans ses souvenirs.

– La vitrine était beaucoup plus sage qu'aujourd'hui, mais l'intérieur faisait étalage de soutiens-gorge, de slips, de guêpières, de porte-jarretelles, de bas en satin, en soie, avec des couleurs rouge, noire, violette, verte. Des femmes papotaient au fond du magasin, l'une d'elles s'est levée, c'était la patronne. Elle marchait en équilibre sur de très hauts talons, faisait de petits pas coincés dans une jupe moulée autour de ses hanches, son chemisier était déformé par une énorme poitrine, elle me demanda ce que je voulais. Je lui répondis que je ne savais pas encore. Instantanément, elle retourna auprès des commères en me lançant qu'elle était à ma disposition. Toutes les choses qui étaient là étaient affreuses, je n'avais absolument pas l'intention d'acheter quoi que ce soit. C'est pourtant avec plaisir, volupté, que je touchais les tissus, caressais les balconnets, ouvrais et fermais les attaches, tout en entendant, sans le faire exprès, la conversation. Elles parlaient à haute voix, mais je devais tendre l'oreille pour comprendre le sens.

- Approchez-vous, s'il vous plaît.

Elle s'approche au plus près de lui, il se cale dans sa chaise et lève les yeux vers elle.

- Alors?

- Elles parlaient des hommes en termes très crus, de leurs dimensions, de leurs grosseurs et de comment ils s'en servaient.

- Les dimensions de quoi? demanda-t-il avec un sourire aux lèvres.

- Vous le savez très bien, des saucissons qui, d'après ces dames, n'étaient pas toujours gros. À un moment donné, l'une d'entre elles raconta quelque chose de si grossièrement drôle que je ne pus m'empêcher de rire avec elles. La patronne s'en aperçut et m'invita à les rejoindre. On me servit du thé, et la conversation reprit.

Jean pose ses mains sur ses hanches et l'attire vers lui.

Elle se laisse aller.

- Et alors?

- Pendant près de quarante ans, je suis descendue jusqu'ici pour m'asseoir autour du service à thé, et papoter sur les hommes et le sexe.

- Vous deviez raconter vous aussi?

- J'inventais, je calquais mes histoires sur les leurs.

- Vous avez acheté des dessous affriolants?

- Jamais! Bien avant ma retraite, j'ai acheté le magasin. Maintenant, c'est moi qui tiens salon.

Il pose son visage au creux de son ventre, elle pose les mains sur sa tête et la caresse doucement.

- Vous comprenez pourquoi je vous connais aussi bien.

Il s'est reculé vivement, sans la lâcher, un grand rire lui monte aux lèvres.

- Louisette! Vous connaissez Louisette?

- Oui, je connais Louisette, entre autres...

- Alors ça, vraiment...

La porte de la rue s'ouvre.

Franck entre avec la chaleur.

– Bonjour m'dame, excusez-moi.

Il s'adresse à son ami.

– Qu'est-ce qu'on fait Jeannot ? On commence sans toi ?

Le couple sans le faire exprès s'était enlacé, elle fait un demi-pas en arrière, il se lève, se penche, l'embrasse.

– Reviens, Jeannot, chuchote-t-elle.

Il est sorti, le soleil lui brûle les yeux, il a oublié ses lunettes.

– Désolé, Jean, je ne pouvais pas me douter que tu étais en train de te faire la petite dame.

– Dis pas de conneries, elle a l'âge de ma grand-mère.

– Si ta grand-mère lui ressemblait, il y a longtemps que je l'aurais sautée mon Jean !

Jean attrape son ami par le cou.

– Tu sais que je t'aime toi, mon Francky... Au fait, ta femme vient acheter des dessous ici ?

– Oui, je crois.

– Alors, fais attention à comment tu te sers de ton saucisson mon pote.

– Hein ?

Jean s'habitue au soleil.

Quand la main est mauvaise, il faut attendre une nouvelle donne.

19

Plein soleil.

Il y a des fois, à midi, le soleil vous saute à la gorge, vous pèse sur les épaules. Il faudrait pouvoir le dire à quelqu'un, en parler.

Jean n'a jamais fait ça ou, s'il a essayé - il a dû essayer -, il a ressenti cette impression qu'on ne l'écoutait pas, qu'on ne comprenait pas réellement ce qu'il voulait dire, comme tout à l'heure à propos de la plage. Finalement, s'il s'était tu jusqu'à présent, ce n'était pas parce qu'il n'avait rien à dire, mais parce qu'il avait compris que les autres ne pouvaient pas entendre, ne pouvait pas tout entendre. Comment auraient-ils pu, les autres ? Lui-même ne s'écoutait pas.

Il se rend compte à l'instant qu'il a des choses à se dire, mais il lui faudrait un peu de silence. Son ami qui le tire, qui le pousse. En a-t-il toujours été ainsi ? Serait-il possible qu'il n'ait bougé que sous l'impulsion, la pression des autres ? Il se demande : *Suis-je libre ?*

De sa vie, l'idée de se poser le début de cette question ne l'avait jamais effleuré. Bien sûr qu'il est libre. Ne pas être libre c'est être enfermé dans une prison. D'ailleurs il est plus que libre, il est un homme, un mâle, il fait ce que bon lui semble. Liberté, libération sont bonnes pour les femmes, les enfants et les prisonniers, soumis aux hommes, aux mâles. L'homme, le vrai, dont il est un digne représentant, n'a pas à se demander s'il est libre.

Pourtant, devant lui, Francky, son ami, pousse la porte du restaurant Chez Rachid, et lui, Jean, se sent tels ces enfants que l'on tire à l'école le premier jour. La maman fait semblant d'entrer dans l'école et le môme reste sur le trottoir, chialant qu'il ne veut pas y aller. Il s'en souvient, il pleurait pour aller à l'école. Au final, il a bien dû la franchir cette porte, forcé, pas libre.

Ça le met en pétard, le môme qu'on a forcé à aller à l'école. Il suit son ami.

Le resto est toujours bourré à midi, il y a de tout Chez Rachid : voyous, chômeurs, branleurs, employés de ceci ou de cela, ouvriers, commerçants, vendeuses, et beaucoup de lascars agglutinés en plusieurs couches devant le comptoir. Les tables et guéridons recouverts de nappes en papier blanc sont pris d'assaut.

Les deux amis se faufilent, on les salue, on veut les arrêter, les inviter, ils serrent des pognes, quelques accolades à des malfrats.

– Jeannot ! Francky ! crie Rachid de derrière son comptoir, la bouteille de Pastis à la main.

– Bonjour, Jeannot.

La femme de Rachid, un plateau rond, chargé de trucs instables, porté au-dessus de sa tête pour se faufiler, s'arrête pour tendre sa joue. Le fond de teint a viré avec la transpiration. Jean se penche, profite de la foule pour poser sa main sur la croupe recouverte d'une minijupe en cuir. Elle sent fort la transpiration.

Momo et le cousin se sont installés dans une arrière-salle un peu plus calme. Néanmoins, ici aussi, toutes les tables sont occupées.

– Le coin des amis, dit Rachid avec un grand sourire commercial.

Rachid a beaucoup d'amis.

Voilà les trois compères et l'épicier installés.

Dans le bruit et la chaleur, Jean essaie de retrouver deux ou trois idées, ou même rien qu'une. Il se dit qu'il devrait se dire quelque chose. Il n'y arrive pas, bloqué, il se rend presque compte que, pour se parler, il doit passer par les autres. Il a quelque chose à se dire, mais il ne peut pas le faire directement. Là, à ce point, il ne comprend pas cette nouvelle ébauche d'idée.

– Putain y fait chaud…

Il retire sa veste.

– Oh! Jeannot! Mais t'es trempé…

Sa chemise est mouillée de transpiration, dans le dos et sur le devant.

– Ça va pas amigo? s'inquiète Momo.

– Ça va, ça va, y fait chaud…

La femme de Rachid se pointe, maigrelette, les cuisses nues sous la minijupe rouge, elle se pose à côté de Jean, se déhanche pour toucher l'épaule du garçon.

– Couscous? Couscous pour tout le monde?

La hanche s'est décollée, elle effleure la chemise du bout de ses doigts aux ongles sales, peints en rose, et s'en va.

Jean se lève.

– Commencez sans moi.

Il se dirige vers les chiottes.

Les chiottes de Chez Rachid, situées dans une arrière-cour, ont un petit air de campagne. Le bistrotier y entrepose ses bouteilles vides, il y gare sa grosse voiture blanche. Une porte cochère sépare le restaurant de Rachid de son hôtel. Certaines chambres donnent sur l'arrière-cour. Les chiottes, placées au seul endroit où le soleil arrive à s'insinuer, embaument toute la cour, de grosses mouches vertes en gardent l'entrée.

Dans un petit coin de mur, plantée dans un petit coin de terre sèche comme du ciment, une plante grimpante, en fait une tige de bois à laquelle s'accrochent deux feuilles jaunies.

Il fait frais, la porte cochère envoie un courant d'air glacé.

Tous les bruits sont atténués, un peu à gauche un bruit de vaisselle, brouhaha de la cuisine et du restaurant, en face sous la porte cochère celui des voitures et des gens qui passent dans la rue. À une fenêtre une femme parle rapidement en arabe, elle porte un fichu sur ses cheveux et un point bleu au milieu du front.

Jean lève les yeux sur elle, elle le regarde un court instant.

La transpiration sèche autour de Jean.

Mais qu'est-ce qui me prend? Bordel de merde! Voilà que je me mets à avoir la trouille! C'est nouveau, ça... En plus je me raconte des histoires. Qu'est-ce que je pourrais leur dire à mes potes? Les gens qui ont peur sont toujours bavards. Voilà les gars, j'ai la trouille, je laisse tomber. Rien que ça.

Et Louisette, si je me pointe et que je lui dis que je laisse tomber, j'imagine sa tête.

Et merde! Je m'en fous de ce que pensent les Louisette et autres. Le problème n'est pas là.

D'ailleurs qui dit que j'ai la trouille? Qui pourrait se permettre de dire que Jeannot d'en bas a eu la trouille une fois dans sa vie? Personne.

D'ailleurs je n'ai peur de rien ni de personne.

Regarde...

Jean écarte les pieds, se plante.

Ai-je l'air de quelqu'un qui a peur?

Qui suis-je? Je suis Jeannot... Jean... Et putain de bordel...

La porte du restaurant s'est ouverte sur la femme de Rachid, un cageot de bouteilles vides à la main.

- Qu'est-ce que tu fais Jeannot?

Elle pose le cageot, s'approche de lui, pose une main sur sa braguette, saisit la queue et les couilles.

- J'avais trop chaud.

20

Midi.

Le monde bouge dans tous les sens.

Va-et-vient.

Bousculades, collages, effleurements, pelotages.

Le monde s'enfume, transpire, boit plus que de raison.

Le monde chie, pisse, se serre la main.

Le monde parle, chante, fait de la musique, du bruit, crie, gueule, ricane et pleure.

Les hommes tirent leur coup, les femmes sucent et branlent.

Le monde est ainsi, il est tel que je le vois à l'instant, se dit Jean, en attaquant son couscous avec appétit. *Je n'ai pas le moyen de le stopper, je ne peux pas tous les tenir par les épaules pour qu'ils se tiennent tranquilles une seconde, et je suis comme eux, il m'est impossible de m'arrêter, même une seconde.*

L'idée de m'arrêter, même une seconde me donne la nausée, me fait trembler. Voilà ce qui me fout la trouille depuis ce matin, j'ai cru que quelque chose allait s'arrêter, que j'allais peut-être devenir fou, m'arrêter au milieu du trottoir, de ma vie. Ça, je ne le veux pas, j'aime le monde tel qu'il est.

C'est un monde à ma mesure, un monde qui me ressemble, je suis fait pour lui, il est fait pour moi.

– Et si on se buvait un petit coup de pinard ? propose Jean aux trois autres.

– Ah... Ce soir on y va pas ? s'étonne Francky.

– Bien sûr qu'on y va, mais on peut aussi se boire un petit coup de pinard, n'est-ce pas cousin ?

Le cousin épicier, la bouche pleine, ne dit ni oui ni non, Jean lui fait peur, il ne sait jamais quoi dire en sa présence.

Moi je l'aime, ce monde, se redit Jean, *avec ses salopes qui vous branlent à deux pas de leur mari, je les aime tous ces gens collés au comptoir, toxicos au pastaga, et mes rats dans leur escalier, je les aime aussi. Ils me réconfortent, me rassurent. La vie que je mène c'est la vraie vie, il n'y en a pas d'autres, c'est la vie de tout le monde, c'est ma vie.*

– Momo ! Momo ! Téléphone ! crie Rachid du comptoir.

Momo a suspendu son geste.

– Putain ce Rachid, y sait bien que je veux pas qu'on m'appelle Momo. En plus devant tout le quartier !

Il ne bouge pas.

– Tout le monde t'a toujours appelé Momo, lui dit Franck.

– Justement, y en a marre, est-ce que toi on t'appelle Franfran et, Jean, Jeanjean ?

– On nous appelle Francky et Jeannot, c'est du kif.

– Eh ben non, c'est pas du kif. Je m'appelle Mohamed et je veux que les gros enfoirés comme Rachid m'appellent Mohamed, pourquoi c'est pas possible ?

La femme de Rachid s'est approchée.

– Momo, téléphone.

Il pose sa serviette en papier et pousse sa chaise pour se lever.

– Qu'est-ce qui y a Jean ? Qu'est-ce que t'as à me regarder comme ça ?

– Je te regarde pas comme ça...

– Si, je sais ce que tu penses... Tu penses que c'est encore une histoire à ta frangine. Et même. Elle a raison, ta sœur. Le dirlo de la banque d'en haut, lorsqu'il va manger dans son resto le midi, est-ce que le patron l'appelle Pierrot, ou Roro ?

– Sûr qu'il l'appelle pas Roro, répond Jean le sourire aux lèvres.

– Ris pas, Jean, c'est sérieux, le dirlo de la banque, ils l'appellent monsieur Machin ou monsieur Truc. Tu vois je suis pas chiant, je demande pas que l'enfoiré de Rachid m'appelle monsieur, mais si y disait Mohamed, ça lui écorcherait pas la gueule.

Il s'en va.

Jean regarde Franck.

Le cousin fait un petit rot et se lève.

– Faut que j'y aille.

Il salue de la main, croise Momo, qui revient du téléphone.

Jean attrape la femme du patron au passage.

– Café, s'il te plaît.

Le brouhaha s'est tu, la salle s'est dépeuplée, le monde a filé.

Il ne reste que quelques voyous autour de quelques tables, quelques branleurs accrochés au comptoir. Jean déplie ses jambes dans l'allée des tables, obligeant la femme à les enjamber à chaque passage.

L'après-midi, c'est l'heure de reprendre le boulot pour les caves, c'est l'heure de la sieste pour les voyous.

– Qu'est-ce qu'on fait ? demande Franck.

– J'ai envie d'aller au hammam.

– D'accord, répond Momo, je vous rejoins là-bas, Sylvie m'a appelé.

Il se relève, salue de la main.

Francky et Jeannot restent seuls, dernière table occupée dans l'arrière-salle.

La femme de Rachid passe à nouveau, Jean l'attrape par les hanches, la déséquilibre en l'attirant à lui, elle tombe sur les cuisses du garçon, ses fesses maigres entrent en contact avec la queue qu'elle sent gonfler.

– Tu arrêtes, Jeannot…

Il a posé ses mains à l'intérieur des cuisses et les remonte poussant la minijupe, ses doigts touchent le slip mouillé.

– Arrête ! Arrête !

Elle s'est dégagée.

– Je te comprends pas, avec cette gonzesse ? lui demande son pote.

Jean hausse les épaules, Franck continue.

– Si Rachid s'en aperçoit...

Jean regarde son ami et sourit.

Justement le père Rachid se propulse vers eux, il s'assoit à leur table.

– Oh putain ! Y vont me tuer ! Le midi y a trop de monde. Il fait signe à sa femme.

– Fatma, fais-nous du kawa.

Jean le regarde en souriant, toujours les jambes étendues devant lui.

– Rachid, Rachid... Justement on parlait de toi.

Rachid regarde Jean, Rachid n'aime pas Jean. Quelquefois Rachid parle de Jean à ses amis de la police. Rachid aime bien la police : « Les gens de la police y sont gentils si on sait être gentil avec eux. »

Rachid n'a pas peur de Jean, il sait que les gens de la police ne l'aiment pas.

L'autre a beau faire le marlou, à rouler des mécaniques dans ses costards tout neufs, un jour il ne sera plus là parce qu'il aura fait une connerie de trop, alors que lui, Rachid, il sera toujours là à boire son Pastis et à tirer les gonzesses.

– Rachid, Rachid je disais à Franck que c'était bien dommage, entre ton restaurant, ton hôtel et tes petits trafics, la came, les fafs et les brelics...

À ces mots, Rachid se retourne pour voir si quelqu'un peut entendre.

– T'es fou Jeannot ! Tu parles trop fort...

Sa femme pose les cafés devant eux, Jean élève un peu plus la voix.

– Rachid, tout le monde sait que tu trafiques, même les condés, d'ailleurs je me demande bien comment tu fais pour tenir. Il a baissé la voix pour dire ces derniers mots. La femme a dû une nouvelle fois enjamber le voyou, son mari s'en aperçoit, trouve ça bizarre, mais ne s'y attarde pas, Jean sucre son café.

– Je disais à Franck que c'était dommage que l'on ne puisse pas te mettre à l'amende, une petite amende régulière qui mettrait du beurre dans nos épinards.

– Oh ! Jeannot ! L'ami ! Comment tu me parles ? Même pour rigoler c'est pas bien de manquer comme ça…

Sa gonzesse passe de nouveau.

– Et toi qu'est-ce que tu traînes encore, monte maintenant !

– Rachid, t'es pas mon ami. Et toi, Franck, Rachid est ton ami ?

Franck se demande bien où il veut en venir, il ne bronche pas, il fixe le patron du bistrot dans les yeux. Jean se penche en avant, ramène ses jambes, pose sa main sur le bras de Rachid et en baissant encore le ton :

– Rachid, entre toi et moi, si je te manque et si ça te plaît pas, j'en ai rien à branler.

Rachid fait le voyou depuis l'âge de six ans, des situations comme celle-là, des mecs comme Jeannot, il connaît. Ce coup-ci, quand même, il est surpris. Tenir tête, sans exciter l'autre en face. L'un de ses potes flics avait lancé un jour dans la conversation : « Ce Jeannot, c'est un tueur. »

Rachid a suffisamment de lascars à sa pogne pour faire fumer cet enculé, mais là, tout de suite, il est sans force, sans défense.

– Jeannot, je t'ai rien fait, je croyais que t'étais mon ami.

– Rachid, t'es bien placé pour savoir que c'est facile de manquer, par exemple je pourrais être fâché après toi parce que tu vends de la came à mes frangins.

Rachid se remet, il a toujours fait attention à ne pas vendre sa merde aux familles des voyous du quartier, il ouvre la bouche pour se défendre, Jean le coupe.

– Mais c'est juste une discussion, amigo, je te l'ai dit, même si on voulait te mettre à l'amende, on pourrait pas. Et tu sais pourquoi ? Parce que Mohamed a de l'amitié pour toi, hein Francky ?

– Sûr ! Mohamed nous dit souvent : « Rachid c'est un brave mec. » Bon allez... Combien on te doit ?

– Rien les amis, c'est pour moi.

21

Courbevoie.
Ville de banlieue.
Ville de La banlieue.
Ville de La Banlieue parisienne.
Sur l'autre bord de la Seine.
Journée d'été.
Ça s'active un peu partout, ça bouge, ça remue, ça achète et ça vend.

Jean traverse la rue en diagonale. Il espère qu'au milieu de cette grande bougeotte inutile, de cette grande dépense d'énergie, que pas très loin un couple est en train de faire l'amour.

Au milieu de la rue il entend, provenant de la boucherie, le boucher couper des côtes d'agneau à grands coups de hachoir. Il prend pied sur l'autre trottoir, en face du Coiffeur homme femme, Jean lève le nez, regarde la fenêtre au-dessus, un couple y fait peut-être l'amour. De même qu'il s'imagine les moines qui prient sans cesse dans leur monastère pour la paix du monde, il s'imagine qu'alentour des couples font l'amour dans des chambres obscures pour sauver le monde.

Le monde bouge, remue, s'active, croyant ainsi se protéger de la mort, de la finitude, croyant plaire à Dieu. Le monde ne sait pas que, s'il est sauvé, c'est grâce à ces couples qui font l'amour. Dieu, de temps en temps, se penche, en colère, prêt à détruire sa création, mais il entend ces moines chanter, prier, ces couples faire l'amour, et il retarde une nouvelle fois la destruction.

En passant devant le fleuriste qui a mouillé le trottoir en rafraîchissant ses fleurs, il sait bien qu'il fait partie de ces gens qui mettent Dieu en colère, alors il pense à la femme qui, ici ou là, se penche sur le sexe de son amant, les yeux remplis d'amour, et Jean remercie cette femme de le sauver.

À la vitrine du pâtissier-boulanger, les pâtisseries : religieuses, éclairs, mokas semblent transpirer autant que Jean.

Encore un morceau de place à traverser. Il avance prudemment pour éviter de se frotter aux carrosseries sales des voitures en stationnement, et voilà les deux gaillards à l'ombre du porche où se trouve l'entrée du hammam, à gauche pour les femmes, à droite pour les hommes.

Les deux compères attendent leur ami qui traverse la place dans son plus grand rayon.

– On se mettra en route à cinq heures pour faire l'enquillade à la fermeture ? propose Jean.

Franck fait oui de la tête.

Momo n'a pas bougé.

– On fera l'enquillade au dernier moment ? redit Jean.

Momo fait oui de la tête.

22

Autant que puisse s'en souvenir Jean, le hammam a toujours été là, peut-être même avant sa naissance.

Môme, dès qu'il comprit de quoi on parlait, il avait suivi les conversations des adultes qui parlaient du hammam. Endroit louche où les bougnoules se réunissaient pour baiser entre eux, pour fumer de la drogue, grande partouze musulmane. On racontait que de jeunes garçons servaient les femmes, que chez eux c'était la coutume, mais aussi que des femmes blanches, des femmes de chez nous, même de très jeunes filles, avaient été kidnappées puis droguées pour être soumises à des dizaines de salopards qui leur faisaient des choses spéciales, des choses pas catholiques. Le bruit courait que certaines de ces femmes vivaient dans le quartier, qu'elles n'avaient rien dit de peur de se faire égorger – le sourire kabyle –, que d'autres, assujetties par la drogue et le sexe, étaient devenues des esclaves du hammam.

Bizarrement, jamais personne n'avait demandé la fermeture de ce lieu de débauche.

Jean devait passer devant le hammam pour aller à l'école. Au début, il restait sur le trottoir d'en face, l'endroit lui faisait peur, du coin de l'œil il voyait le porche grand ouvert, sombre comme une bouche prête à l'avaler.

Et puis, un jour, il était avec son père et d'autres hommes, rigolards, ils parlaient du hammam en se poussant du coude, imaginant les femmes musulmanes, les fatmas qu'ils voyaient quelquefois, très rarement, passer dans la rue, dans leur habit de là-bas, ils s'imaginaient en dessinant dans l'air des courbes avec leurs mains les femmes au bain.

Alors, un jeudi d'été, le cœur battant, il s'était approché du hammam. Il avait marché lentement, bien que sans hésitation, il se sentait léger, malgré une enclume qui lui pesait sur le ventre. Il pouvait tout percevoir du monde autour, avec acuité, mais les sons, les images lui arrivaient comme filtrés, seul son odorat s'était décuplé.

Plus tard il avait ressenti la même chose lors de ses premiers braquages

Au moment où il s'était retrouvé sous le porche, il s'était rendu compte que l'enclume c'était sa jeune queue qui bandait fort dans son short. L'endroit était frais, un léger courant d'air caressait ses jambes et il captait une odeur, mélange de cosmétique, de métal rouillé, de pourriture humide.

Aujourd'hui, se déshabillant dans le vestiaire des hommes, il sent les mêmes odeurs, les armoires sont vieilles, rouillées, grinçantes. Au rez-de-chaussée, un barbier dégage des odeurs de brillantine, d'eau de Cologne et de savon à barbe. L'endroit est propre, mais dans les coins du carrelage de la moisissure donne à Jean une impression de corps humain suant, bavant.

Môme, la queue raide, il était resté sous le porche attendant que passent des musulmanes. Il était persuadé que ce qu'il faisait était mal, interdit, dangereux, cela redoublait son trouble.

Il s'était fait surprendre par un vieil Arabe édenté qui lui avait posé une question dans sa langue, vif comme l'éclair il s'était échappé.

Les trois se sont enveloppé les reins dans de grandes serviettes blanches, ils passent par la salle de repos, saluent quelques malfrats maghrébins, couchés sur le dos ou sur le côté, sirotant du thé et parlant entre eux. Un peu plus loin,

Momo toque à une porte marquée « Lingerie » sur une plaque en bois écaillée. Il pousse la porte, au milieu des piles de serviettes et de peignoirs blancs, d'autres voyous et glandeurs jouent au poker, un tas de biftons devant eux, on se salue.

À partir de ce jeudi d'été, Jean avait commencé à se branler, son monde fantasmatique était peuplé de femmes musulmanes aux gros seins, de vieux édentés et de violeurs.

Il était revenu plusieurs fois sous le porche, jusqu'au jour où il avait croisé un groupe de femmes, elles s'étaient arrêtées, lui avaient parlé en arabe, l'une d'elles avait passé ses doigts dans ses cheveux. Ce jour-là, un univers s'était ouvert à lui, sans le comprendre il venait d'aimer les femmes pour la première fois de sa vie, et pour toujours.

Il n'y a pas de douche, seule une longue salle d'eau clapotante, ceinturée de lavabos au ras du sol, desservie par une trentaine de robinets d'eau chaude et froide.

En slip, se servant de seaux en plastique, les garçons s'aspergent d'eau glacée.

Voulant partager avec ses amis, Jean les avait invités dans ses randonnées sous le porche. Franck avait été totalement hermétique à la magie du lieu, ainsi que Momo qui avait confié que sa mère venait au hammam. Jean avait été triste en s'apercevant que ses amis n'aimaient pas les femmes autant que lui. Il s'était mis à aller chez Momo plus souvent, pour y voir sa mère. Être en présence d'une femme qui allait au hammam le rendait fou amoureux. Pendant qu'elle préparait des quatre heures avec du pain croustillant et du harissa, Jean se l'imaginait avec juste le foulard sur ses cheveux, la femme lui souriait, complice.

Jean aime les hammams à cause des femmes, même si elles sont séparées des hommes. Il aime cet endroit aquatique, humide et chaud. Le bain de vapeur noir et brûlant est coupé de la salle d'eau par un rideau en plastique épais et transparent, sale et moite.

Jean s'enfonce dans la vapeur, quelques secondes.

– Alors, on est bon pour ce soir ? demande Momo.

Ils se sont installés dans la salle de détente, à l'écart, se brûlant les lèvres avec un thé à la menthe

– J'ai placé les bagnoles hier soir, répond Franck.

Il regarde son ami.

– Ça va pas Jean ?

– Si si, ça va, il y a juste deux, trois trucs qui me gênent dans notre histoire.

– S'y a malaise, on remet ? propose Franck en regardant Momo.

– Sûr, acquiesce ce dernier.

Jean se souvient qu'il a eu peur tout à l'heure, il n'est pas question qu'il se détronche.

Momo est déjà alarmé, c'est loin d'être un froussard, mais il est commerçant.

– Qu'est-ce qui se passe Jean ?

Franck et Momo se sont expliqués là-dessus il y a long-temps, sans leur pote il serait l'un mécano et l'autre épicier. Ce n'est pas que Jean les entraîne ni qu'il les pousse, le truc c'est qu'avec lui les choses deviennent possibles, simples.

23

– Alors Jean?

Il fait un effort pour séparer ce qu'il croit être sa peur de sa raison. Il n'arrive pas à savoir, si en temps normal, il n'aurait pas annulé l'affaire sans hésitation. Des bijouteries, il y en avait suffisamment, et l'équipe en avait retapissé plusieurs.

– C'est les bijoutiers, y font vieux.

Franck et Momo se regardent.

– Mais, se lance Momo, ils sont pas aussi vieux que ça?

– T'as peur qu'on dise qu'on attaque des petits vieux? demande Franck.

Momo pose la main sur le bras de Francky.

– Attends, on va pas arracher le sac d'une petite vieille qui vient de toucher sa pension, on va piller une bij qu'est bourrée d'or.

– Justement, intervient Jean, on s'en bat les couilles de l'âge des bijoutiers.

– Surtout qu'on a déjà tapé des affaires avec des caves qu'étaient plus dans leur première jeunesse, sourit Francky. Si on devait frapper des affaires tenues que par des jeunes sportifs de moins de trente ans, on taperait pas souvent.

– Surtout qu'on va faire comme d'hab, tout en douceur, appuie Momo.

– Le truc, continue Jean, c'est pas leur âge, mais on dirait des petits vieux, des retraités, c'est des gens qui sont vieux dans leur tronche, et ça c'est danger.

– T'as raison, la bij est bourrée d'or, on dirait qu'ils ont exposé en couches successives tous les bijoux qu'ils ont accumulés pendant toute leur vie.

– Et alors ? C'est du nanan pour nous, sourit encore Francky.

Jean regarde ses amis. Pourquoi est-il en train de leur casser les couilles avec ses histoires ?

– Je me fais mal comprendre... Vous l'avez remarqué, à certains endroits les bijoux sont recouverts de poussière, les présentoirs sont jaunis, cassés...

– C'est vrai qu'ils ne font pas beaucoup d'efforts pour être accueillants, mais, d'un autre côté, réfléchit Momo, les vitrines sont tellement remplies de bijoux que les passants ne peuvent pas voir ce qui se passe à l'intérieur. C'est plutôt bon pour nous, non ?

– OK, suivez-moi bien, Jean s'est redressé pour parler à ses amis, Francky, y a ou y a pas de système de sécurité ?

– Non, y en a pas.

– Même pas un gueulard ?

– Non, même pas.

– Et vous croyez que c'est tout bon ?

Les deux compères ne bronchent pas.

– Non, c'est pas bon. Vous savez pourquoi c'est pas bon ? Parce que si y a pas de système de sécurité, c'est sûrement parce que les deux vieux ont pas voulu mettre une thune dans des alarmes. Vous avez vu l'état de la devanture ? Ça fait des années qu'elle a pas vu un coup de pinceau. Et les vitrines, vous avez vu l'état des vitrines ? Elles sont dégueulasses. Pourquoi elles sont dégueulasses ? Parce que les vieux veulent pas donner une thune à un laveur de carreaux. OK ?

– OK...

– Alors qu'est-ce qu'on en déduit Francky, je t'écoute ?

– C'est deux vieux radins ?

– Bien, on est d'accord, seulement, si j'ai raison y a un problème... On sait que les escrocs des assurances obligent les commerçants à avoir un minimum de système de sécurité, tout particulièrement les bijoutiers. Pas de système de sécurité, pas d'assurance sur les bijoux.

– Tu veux dire que ces deux-là ne seraient pas assurés ?

– Possible, tout au moins pas assuré par les assurances.

– Je comprends pas Jeannot ?

– Tu as vu la tête du vieux ? Je l'ai retapissé à plusieurs reprises à l'ouverture et à la fermeture. Il a la tête d'un vieux teigneux, sec, les lèvres minces, le geste rapide sans mollesse, la tête de quelqu'un qui serait fâché contre on ne sait quoi. Peut-être qu'ils sont assurés, peut-être que c'est deux fanas de l'auto-assurance, de l'auto-défense. C'est mes bijoux à moi, perso, mes enfants, mes tripes, ma propriété, mon territoire, et les premiers qui veulent me les voler gare !

Les trois voyous font silence un moment, ils avalent leur thé à la menthe, Jean s'allonge sur le dos.

– Bon, dit Franck, on laisse tomber.

– On laisse tomber, fait en écho Momo.

Jean sourit, il est content de ses deux amis. Avec eux la vie est simple, facile. Pas comme beaucoup d'autres voyous, embrouilleurs, fouteurs de merde, mytho, prétentieux, toujours à manquer, à chercher la faute.

Il regarde ses deux amis, sourit de plus belle.

– Si le Mitan apprend que trois grands gaillards comme nous se sont détronchés devant deux petits vieux tremblotants, notre cote va en prendre un coup... En plus, tu as raison Francky la bij est bourrée, une fois les deux ficelés ça va être le plus beau pillage de notre carrière !

– Alors ?

– Alors on va y aller, mais on va faire très attention, tout doux, d'accord amigos ?

– D'accord, répond Momo.

– Alors, faudrait se mettre en route, dit Francky.

Il est 18 heures, l'heure où les pue-la-sueur sortent des usines.

24

Et voilà.

Tout est dit.

Tout est raconté.

Pas grand-chose à rajouter.

Les dés sont jetés.

Les cartes sont distribuées, chacun dépose sa mise.

Le reste de l'histoire est du fait divers et n'est-ce pas là le lot de beaucoup, pauvres ou riches, hommes ou femmes, de vivre et de finir dans le fait divers.

Le reste de l'histoire est affaire de journaleux racoleurs servant la soupe aux autres et à eux-mêmes ; affaire de flicaillon qui sait, inconsciemment, qu'il n'existe que grâce aux délinquants en tout genre ; affaire de Justice qui s'est chargée du fardeau de dire le bien et le mal, le bon et le mauvais, la punition et le pardon.

Si on se mettait un peu à distance de nos trois compères – admettons que nous ne sachions pas qui ils sont –, que pourrions-nous voir ? Un commerçant arabe extrêmement bien intégré, un mécanicien aux ongles sales qui s'est mis à son compte et un branleur, rouleur de mécaniques, aux airs de caïd.

Prenons encore un peu de distance, de hauteur, nous voyons nos trois lascars traverser une nouvelle fois la petite place et monter dans une voiture, se perdre vite dans la circulation, rien de bien particulier pour les différencier des autres gens.

Encore un peu de hauteur, le quartier, la cité avec ses hautes tours, la place en demi-cercle, la rue qui monte vers le quartier du haut, ça bouge dans tous les sens, apparemment sans cohérence, fourmilière, termitière. Vus de cette hauteur, déjà, les hommes paraissent bien prétentieux de se croire le centre du monde, le nombril de l'univers, inventeurs de Dieu et de l'Histoire.

Il faut s'approcher du jeu et accepter d'y participer pour prendre tout ça au sérieux.

Nos trois bandits se croient malins, ils ont changé de ville et de véhicule, voiture volée et maquillée, sur l'allume-cigare ils ont branché un scanner qui recherche les émissions de la police.

Dans cette autre ville, ils ont un ami d'enfance, un cave OS sur une chaîne de montage, marié à une cavette OS dans la même usine sur une autre chaîne de montage.

Le cave est un homme honnête, il a toujours été honnête, syndicaliste, membre du Parti communiste.

Quand il était môme, dans la même école que les trois voyous, il avait passé son temps à les cafarder. Les trois brutes, très tôt, avaient commencé à le tabasser pour le punir de ses caftages.

À 14 ans, les uns avaient commencé leur carrière de voyous et lui s'était attelé à la chaîne, ils se retrouvaient tous les quatre dans les bistrots du coin.

À 18 ans, sans le faire exprès, il avait une gonzesse en cloque et s'était marié.

Il avait invité les trois au mariage, qui avaient mis du beurre dans les épinards du jeune couple.

Le cave avait cessé de cafarder, de temps en temps il faisait la morale à Jean à cause de tout l'argent qu'il dépensait. Franck s'était inscrit au Parti communiste.

Le cave ouvre la porte du F3 où il vit avec sa femme et ses quatre enfants.

– Salut Lulu, dit Jean en s'engouffrant dans l'appartement, suivi de ses deux complices.

Lulu, Lucien, est un type sec comme un coup de trique, portant sur le nez de grosses lunettes triple foyer à la monture noire.

Les quatre hommes passent devant la cuisine.

– Salut, Gigi, lancent l'un et l'autre et le troisième.

Gigi, Ginette, la femme de Lucien, s'affaire avec ses quatre mômes autour d'elle.

Ils sont au salon.

Lucien donne la clef d'un débarras à Francky.

Ginette fait son apparition avec son plus jeune enfant dans les bras.

– Le café passe.

Elle est aussi sèche que son mari et porte sur le nez les mêmes lunettes triple foyer.

Bien entendu, Jean se l'est faite à l'occasion de trois-huit complices, il n'a rien dit à ses amis et les deux autres en ont fait autant.

Ginette, qui n'a vraiment rien d'une bombe sexuelle, se retrouve donc avec ses trois amants et son mari au même endroit, au même moment.

Lucien se lève

– Il faut que j'y aille, je suis de nuit.

Il serre la main pour la seconde fois aux malfrats et s'en va.

Franck revient avec trois sacs marins, ils en sortent des armes, munitions, grenades, postiches, cagoules, imperméables et blousons, deux nouveaux scanners.

Depuis plusieurs années, l'appartement de Lucien et Ginette sert de planque.

Ça s'est fait naturellement, Jean a proposé une somme d'argent, chaque mois, équivalente aux deux SMIC du couple.

Lucien ne voulait pas de l'argent, c'est Ginette qui l'a pris.

Jamais aucun des trois n'a douté de la fidélité de Lucien.

Jamais ce dernier n'a pensé agir malhonnêtement.

Lucien et Ginette considèrent qu'il est mal de voler. Militants du Parti communiste, ils sont pour une répression plus sévère de la délinquance et tout particulièrement du grand banditisme, mais pour leurs amis il y a quelque chose comme un droit ancestral naturel.

Les braqueurs s'équipent : calibres, titine, fusil à pompe et grenades.

Sur le scanner on entend : « 22 de 12, on écoute 12 ? Oubliez pas de passer chez Geneviève pour les casse-croûte et la bière ! On y va 12. »

25

Nouveau changement de bagnole, ils laissent la première voiture maquillée en relais, pour monter, équipés et postichés, dans une seconde.

Franck est chauffeur.

Momo a attaché en bandoulière, sous un imperméable, un lourd pistolet mitrailleur M1A1, le chargeur ne contient que six cartouches, ça fait des semaines que l'équipe est à la recherche de munition de 45 ACP, le long de sa cuisse gauche Franck a coincé un fusil à pompe chargé à la chevrotine, Jean engage dans la chambre de son pistolet automatique allemand, encore plus ancien que le PM, une cartouche de 9 mm Parabellum.

Ils font silence, ils roulent vers la bijouterie, ralentis par les encombrements banlieusards de cette fin de journée. Jean essaie de se concentrer sur le monde qui bouge autour de la voiture.

Sur le scanner un appel aux voix déformées : « 32 de 46 ? 32 j'écoute. Nous sommes arrivés au 22 rue Clémenceau, les pompiers sont en place. Reçu 46 ! »

À la terrasse d'un café, Jean remarque une femme et un homme en pleine conversation, un véhicule s'intercale, au volant un homme à la peau grasse, aux traits fatigués, l'homme croise le regard dur et fixe du malfrat, qui grimace ce qu'il croit être un sourire.

Jean se secoue un peu et se tourne vers Momo assis sur le siège arrière, celui-ci remet de nouveau en place la sangle sur son épaule.

– T'aurais dû prendre le pompe, lui lance Jean, s'essayant à un nouveau sourire.

Momo soulève les épaules sans répondre.

Franck le regarde dans le rétro, puis jette un regard à Jean.

Un deux-tons de la police passe pas loin d'eux et s'éteint.

Jean regarde de nouveau à l'extérieur, une enfant passe en sautillant devant la voiture arrêtée à un feu rouge, elle porte une baguette sous le bras. Il repense aux filles de Louisette au petit-déjeuner ce matin, puis à ses sœurs, à Marcelle à genoux en train d'avaler sa queue. Sous son postiche la barbe a repoussé, ça le gratte, de retour à la maison il prendra un bon bain et se rasera.

Il se tourne vers ses amis, la voix bridée, il tente de s'exclamer :

– Alors les potos, la vie est belle !

Les deux tentent un sourire, Momo détourne le regard et fixe un point à l'extérieur, Jean tapote la cuisse de Franck, ils se regardent.

Jean cherche à dire quelque chose à ses amis, rien ne vient, il va dire Mai 68, mais sa voix est coincée, comme au bord de tomber, il revoit la femme dans la boutique de sous-vêtements féminins, demain il retournera la voir, il regarde Momo :

– Ce week-end, soleil, plage et mer, amigo !

– On arrive, prévient Franck.

Jean se retourne, il reconnaît à peine l'endroit.

– Ah, oui... La voilà !

La bijouterie est à quelques dizaines de mètres.

La voiture est stoppée par les embouteillages.

Jean regarde sa montre.

Momo se penche en avant.

- On passe une fois devant et on fait le tour.

La voiture avance au pas, plusieurs minutes pour arriver à la hauteur du magasin, ils peuvent voir les bijoux, perçoivent à peine les mouvements à l'intérieur, la voiture avance, encore, ils ont dépassé la vitrine.

- Y a du peuple...

- C'est chiant pour s'arracher...

- Fais le tour.

Franck prend à droite, la petite rue est libre.

Jean se retourne vers Momo :

- J'enquille, si je sens pas le coup, on laisse tomber. Faut faire gaffe à pas se marcher dessus.

S'adressant à Franck :

- Si on rate celle-là, on fera celle de l'avenue Gambetta demain.

Franck fait oui de la tête et tourne de nouveau à droite, la rue est vide, encore à droite et ils tombent sur des voitures essayant de s'infiltrer dans le trafic, les voilà stoppés.

Jean regarde sa montre.

- Je vais voir.

Il descend.

Il s'aperçoit qu'il avait besoin de fuir cet endroit clos, ses amis.

Il se retourne, la voiture des voleurs ressemble aux autres voitures, en plus propre, il en est presque étonné.

Marcher lui fait du bien, ses jambes tremblent un peu, discrètement il arrange son calibre à sa ceinture, tourne le coin de la rue, tombe sur la bijouterie, il fait mine de s'intéresser aux bijoux, il mate à l'intérieur, les patrons s'affairent, il compte quatre clients, il regarde de nouveau sa montre, c'est bientôt l'heure de la fermeture.

Il rebrousse chemin, tourne le coin de la rue, la voiture a à peine bougé, il s'y engouffre.

- Il y a du monde à l'intérieur...

Ils réfléchissent, ils ne veulent pas frapper avec les clients, trop de monde à tenir en respect, la voiture avance, un peu.

– On y va, le temps que les clients sortent, Franck aura le temps de se mettre en place.

– D'accord, répond Momo.

Ils font silence.

La voiture avance, un peu.

– Go...

Jean ressort de la voiture.

Momo attend un instant, sort à son tour.

Les voilà chacun sur un trottoir.

La voiture avance, un peu.

Jean tourne à nouveau le coin de la rue.

Momo en faisant attention à la circulation traverse la rue.

Jean se plante devant la vitrine.

Plus qu'un client.

Son cœur s'accélère.

Le patron sert le client.

La patronne range.

Momo s'est placé dans une file qui attend le bus.

Jean rebrousse chemin et se poste au coin de la rue, il voit la bijouterie, la voiture et son ami.

Momo regarde Jean.

Jean regarde Momo, puis la voiture qui avance, un peu, puis la bij.

Un bus arrive cachant le braqueur, cachant la boutique à Momo.

Le bus est coincé par la circulation.

Un nouveau client entre dans le magasin.

Jean regarde sa montre.

Dire qu'il a pu dire qu'il bandait aux braquages. Se mentait-il, était-ce vrai, il y a encore quelque temps, hier, il prétendait que braquer se justifie en soi par le plaisir qu'il y prend. En cette fin d'après-midi, sur ce coin de trottoir, il prend conscience de la connerie de son propos. Il s'aperçoit qu'il est tremblant de peur, trempé de sueur. Les autres fois aussi, mais les autres fois il avait su changer cette peur en exaltation. Il avait ressenti du plaisir à détourner la peur, de pouvoir l'arracher de lui, la laisser passer à travers lui.

Il sent son corps réfractaire à l'action, se gonfler et se rétracter à la cadence de sa respiration courte. Il entend son esprit crier au danger, au fou, à l'alarme, à toute l'aberration de son action.

À chaque braquage, le monde autour de lui se transforme, il semble devenir plus beau, plus vrai, plus consistant. Il sent toutes les bonnes odeurs qui viennent à lui de la ville et des gens, ses yeux et ses oreilles s'ouvrent, il peut entendre avec acuité une conversation à quelques pas, sourire de la plaisanterie émise par un passant, il peut tout voir, les femmes en particulier. Elles lui semblent belles, resplendissantes, de l'ado au jean moulant à la grand-mère aux cheveux blancs, toutes s'offrent à son appétit, faisant tressauter leurs seins et leurs fesses, claquant leurs hauts talons, tendant leur cou fragile de droite et de gauche, levant la main pour appeler, pour prendre, pour arranger discrètement un chignon, une bretelle de soutien-gorge.

Jusqu'à présent, il a cru que tout ça lui était offert en offrande à son courage.

Il a cru que seuls l'action, le risque pouvaient le rendre libre, vraiment vivant, différent.

Maintenant il comprend son erreur, son esprit apeuré, violenté tente de lui montrer la vie telle qu'elle est, devrait être, si seulement il voulait bien regarder.

Le bus a dégagé la vision.
Jean peut voir Momo.
Momo regarde Jean.

Un client sort de la bijouterie.

Il en reste encore un.

Sur le signe de son ami, Momo ne bouge pas.

La voiture est visible pour les deux braqueurs.

Ses pieds ont gonflé, ses habits le gênent, le postiche le gratte.

Il le sait, plusieurs témoins auront des choses à dire sur eux plus tard, après. Malgré leurs efforts, ils ne passent pas inaperçus.

Une file d'usagers s'est formée derrière Momo.

Jean gémit lorsqu'il voit le dernier client sortir de la bijouterie.

Il regarde Momo.

Momo a vu.

Il regarde Franck au volant.

Franck a compris.

Il se met en marche, dégage discrètement son calibre coincé dans sa ceinture.

Momo est descendu du trottoir.

Une femme pousse la porte de la bijouterie, qui est fermée.

Il s'approche du magasin.

La femme fait signe, la porte s'ouvre.

Il est à quelques pas.

Momo est au milieu de la chaussée, il fait attention aux voitures et à son pote.

Jean perçoit la possibilité d'entrer dans la bijouterie avec la cliente.

La cliente est entrée.

La porte va se refermer.

Jean s'arrête devant la vitrine faisant semblant de regarder les bijoux.

Il poursuit son chemin.

Momo a traversé la rue, il tourne à droite.

Jean fait quelques mètres.

La voiture est dans la rue.

Le cœur des trois hommes bat à mille à l'heure, il suffirait que l'un des trois stoppe l'opération pour que les deux autres le suivent.

Jean regarde sa montre, l'heure de fermeture est largement dépassée, si ça se trouve la cliente est de la famille, ils n'ouvriront plus.

Il se met en marche vers ses amis pour annuler le braquage.

À la hauteur de la bijouterie, la porte s'ouvre.

– Bonsoir, chère madame.

Le bijoutier va fermer derrière la cliente.

– Oh, excusez-moi, vous fermez ?

Jean s'est adressé au commerçant qui garde la porte entre-bâillée.

Ce dernier regarde sa montre, sourit à cet homme bien habillé, aux cheveux bien peignés et à la barbe bien coupée, à l'allure décontractée.

– C'est-à-dire...

– Ce n'est pas grave, je reviendrai demain.

Jean lui offre un grand sourie, l'autre va fermer la porte.

– Vous désiriez ?

– J'aurais voulu voir votre bague... avec l'émeraude. Il désigne un endroit dans la vitrine et voit Momo se rapprocher.

– Entrez, cher monsieur.

Il fait bon dans la boutique, un léger parfum de femme, les bruits de la rue sont étouffés, la patronne est derrière un petit comptoir en verre, elle compte et partage de l'argent et des chèques, elle sourit à ce dernier client.

– Bonsoir, monsieur.

– Bonsoir, madame.

Maintenant tout va bien, l'action est engagée, tout va bien se passer. Jean sourit sincèrement à l'idée de piller cette nouvelle bijouterie, pleine comme la caverne d'Ali Baba. Une fois le rideau de fer descendu, les commerçants ficelés, les malfrats seront chez eux et, fidèles à leur habitude, ils vont tout rafler, les bijoux, les montres, les bracelets en croco, les réveils Mickey ou Blanche-Neige qui font tic tac, les bijoux en plaqué or et la thune.

26

Pendant que le bijoutier va chercher la clef qui ouvre la vitrine, Jean les deux mains dans les poches fait mine de regarder la pièce qui l'intéresse, il a choisi la plus chère pour appâter le commerçant. Il voit de l'autre côté de la vitre son pote qui attend qu'elle soit ouverte de l'intérieur.

– Excusez-moi.

Le bijoutier est tout sourire.

– Vous désiriez voir ?

– Cette bague.

La petite porte vitrée est ouverte, c'est le signal. Momo pousse la porte du magasin, mais elle est fermée. Le commerçant répond au client :

– Ce sont des éclats de diamant.

En répondant, il a entendu la porte qui a branlé sous la poussée, il se tourne vers sa femme.

– On est fermé.

Il revient à son client, saisit la bague dans la vitrine avec son présentoir. La porte a de nouveau tremblé, le bijoutier lit la petite étiquette qui est accrochée au bijou.

– Combien ? demande Jean.

La bijoutière a levé les yeux vers la personne derrière la porte. Elle lui fait un signe de la main, avec un sourire, pour dire que c'est fermé.

– 38 650 francs.

Momo toque à la porte, le bijoutier se tourne une nouvelle fois vers sa femme.

– Va voir ce qu'il veut !

La femme lève de nouveau les yeux vers Momo. Postiché d'une perruque brune et d'une fausse moustache, l'imperméable mal fagoté à cause du pistolet mitrailleur qui lui scie l'épaule, transpirant, grimaçant un sourire, il synthétise tous les stéréotypes de l'Arabe, du Turc, du Portugais qui parle à peine le français, qui sent mauvais et qui va marchander pendant une heure un bijou à 200 francs.

– C'est fermé ! C'est fermé ! crie d'un ton ferme la femme, joignant le même geste que tout à l'heure, mais sans sourire cette fois.

Le bijoutier regarde son client, et comme pour excuser sa femme :

– Il est tard.

Jean fait semblant de contempler les bijoux.

Momo n'insiste pas, il a compris qu'on ne lui ouvrira pas, l'affaire est ratée, son pote va dire qu'il veut réfléchir et ils rentreront.

Franck s'est garé en double file, rajoutant sa part d'embouteillage.

Momo traîne devant une autre vitrine, il s'est tourné vers la voiture.

Franck regarde Momo.

Momo fait non de la tête.

Franck comprend que l'enquillade est ratée, tant pis, tant mieux, on va rentrer, dommage une sortie pour rien.

Jean tend le bijou à son propriétaire :

– Il faut que je réfléchisse.

– Mais bien sûr monsieur.

Jean est soulagé, pas de braquage, sa peur disparaît instantanément. Depuis le début, il savait que ce braquage ne se ferait pas, sans doute depuis ce matin, à son réveil, dans la cuisine. Toute sa journée lui revient. Il n'a fait que se raconter des histoires et balader ses amis. Pour qui se prend-il ? Un intellectuel, un penseur, un putain de coupeur de cheveux en quatre, un de ces lascars qui, pour masquer leur lâcheté, décortiquent leur action en des milliers de bonnes raisons pour ne rien faire, pour ne prendre aucun risque.

Qu'est-ce qui lui arrive ? Depuis quand la pensée doit-elle prendre le pas sur l'instinct ? L'instinct est pur comme le diamant, l'instinct permet à l'homme de faire un acte dénué de tout calcul, l'instinct est le véhicule du courage.

Là, son instinct et sa raison sont en parfait accord, il faut partir, il faut remettre. Mais quelque chose l'a mis en colère, une voix lui dit : *Peu importe après coup ce que tu peux te raconter, peu importe ta colère que tu tournes vers le peu de raison, de conscience, d'intelligence qui a germé derrière ton front épais, tout cela n'est que construction mentale pour maquiller ta lâcheté.*

Colère aussi après cette pouffiasse qui n'a pas voulu ouvrir à son ami, comme si son magasin de banlieue était trop bien pour lui, Momo vaut bien tous ces petits commerçants, voleurs à la petite semaine, malhonnêtes se cachant derrière le bon droit.

– Après coup ! Après coup ! ricane Jeannot pour répondre à sa petite voix.

Le coup sera terminé si moi je décide qu'il est terminé. Raison, conscience et peur ne sont pas les maîtresses qui dictent ma vie.

– Je suis Jeannot d'en bas !

D'un mouvement léger, il passe sa main droite sous sa veste et la ressort armée du Luger.

À peine le bijoutier voit-il le pistolet derrière le pan de la veste qu'il réagit avec vivacité, des deux mains il saisit le bras armé du voyou.

– Ah ! Petit salaud ! Petit salaud ! Germaine, Germaine appelle la police, je le tiens !

Aussi instantanément que son mari s'est mis en action, Germaine s'est mise à crier, un cri venant de l'âme, le cri d'une mère à qui on arrache ses enfants.

– Ah mon Dieu ! Mon Dieu ! Au secours ! Au secours !

Les yeux grands ouverts, elle voit son homme aux prises avec l'ordure qui veut les voler. Elle voit le voyou attraper son mari et lever au-dessus de sa tête un énorme pistolet.

– Au secours !

Momo ne sait pas ce qui l'a averti. Il ne comprend pas, il regarde vers Franck pour l'alerter et se rapproche en deux pas de la porte vitrée, là il voit la femme les yeux et la bouche grande ouverte, ouvrir un tiroir et en sortir un court pistolet automatique, il frappe à la porte.

– Eh ! Là !

Jean crosse le bijoutier qui lâche prise et tombe à la renverse.

Germaine a vu le coup, elle voit son mari tomber, elle crie encore :

– Assassin ! Assassin !

Elle tend son bras armé du pistolet vers le malfrat.

Jean se retrouve nez à nez avec l'arme braquée sur lui, il voit la femme qui écrase une fois, deux fois la détente, le coup ne part pas.

Momo a vu aussi, il cogne de nouveau à la porte.

Germaine n'est que grondement sourd de frustration, de haine, et de peur, elle tourne son regard vers Momo :

– Au secours, appelez la police !

Jean a fait un pas. D'un geste calme, il écarte les bras, comme pour saisir et embrasser la femme.

– Attendez... Calmez-vous... Restez calme... S'il vous plaît du calme.

– Salaud ! Salaud ! grince Germaine.

Elle tire la culasse en arrière, le marteau s'arme.

– Bon Dieu, faites pas la conne ! lui crie Jean en ramenant sa main armée à la hauteur de sa hanche.

Germaine lâche la culasse, une cartouche est engagée dans la chambre.

Le bijoutier qui s'est relevé bondit sur Jean.

– Fumier ! Petit fumier !

Il lui a de nouveau saisi le bras et l'oblige à se tourner vers lui.

Jean perd l'équilibre et voit de nouveau la femme le braquer.

Momo derrière la porte a crié :

– Non !

Avec le lourd pistolet mitrailleur qu'il tient à deux mains, empêtré dans son imper, il lâche les six cartouches. Les détonations lourdes et lentes ont couvert tous les bruits de la rue, les passants s'arrêtent, se retournent, la femme a disparu.

Le bijoutier s'agrippe hystériquement après son voleur, il le tient, ne veut plus le lâcher.

Jean lui tire une balle dans le ventre, l'homme s'effondre à ses pieds.

Sous les impacts de 11,43 la porte vitrée a explosé.

Sans courir, les deux voyous traversent le trottoir, des passants les regardent, d'autres plus loin se rapprochent.

Momo s'engouffre dans la voiture.

Jean va en faire autant, il entend derrière lui la voix du bijoutier :

– Arrêtez-le ! À l'assassin !

Puis, le son sec et rapide du 7,65 qu'il tient à bout de bras.

La première balle touche Jeannot d'en bas à la hauteur de l'épaule, comme si on lui avait jeté avec force un gant de toilette humide et chaud.

– À l'assassin ! À l'assassin !

Les deux autres balles viennent se loger au milieu du large dos.

Le voyou ouvre la bouche, le souffle coupé, et se laisse tomber sur le siège avant de la voiture, qui démarre.

Le bijoutier s'écroule sur le trottoir.

27

– Jean ?

– J'ai morflé...

Il ne sent rien, juste de l'humidité dans le dos, comme cet après-midi lorsqu'il transpirait en plein soleil. Il a gardé la bouche ouverte, il se sent fatigué, à bout.

Franck conduit rapidement, il pose la main sur la cuisse de son ami :

– Oh ?... Jeannot ?... Jeannot ?

Jean a un goût de rouille dans la bouche.

– C'est con poto, mais je crois que j'y suis.

La voiture passe devant une mairie en brique rose, entourée de parterres de fleurs jaunes et rouges.

Jamais il n'a vu un rouge aussi rouge.

Momo se penche en avant pour entendre son ami.

– Jeannot ?... Jeannot ?...

Ce coup-ci on va pouvoir ouvrir un nouveau jeu, distribuer des cartes neuves, reprendre une nouvelle partie...

FIN

CHEZ LE MÊME ÉDITEUR :

Ariane Ferrier
Fragile [chroniques],
collection « Fictio », 2014. | P |

Dominique Brand
Tournez manège ! [nouvelles],
collection « Fictio », 2014. | P |

Matteo Di Genaro
Une Brute au grand cœur [roman policier],
collection « Fictio », 2014. | P |

Gilles de Montmollin
La Fille qui n'aimait pas la foule [roman policier],
collection « Fictio », 2014. | P |

Joseph Incardona
Le Cul entre deux chaises [roman],
collection « Fictio », 2014. | P |

Pierre Frankhauser
Sirius [roman],
collection « Fictio », 2014. | P |

Laure Mi Hyun Croset
On ne dit pas "je" ! [récit],
collection « Fictio », 2014. | P |

Liliana Cora Fosalau
Déshistoires [poèmes],
collection « Fictio », 2014. | P |

Louise Anne Bouchard
Rumeurs [roman],
collection « Fictio », 2014. | P |

Fred Valet
Jusqu'ici tout va bien [récit],
collection « Fictio », 2013. | P |

Jean Chauma
Échappement libre [roman noir],
collection « Fictio », 2013. | P |

Florence Grivel
Conquistador [récit],
collection « Fictio », 2013. | P |

Marius Daniel Popescu (éd.)
Léman Noir [nouvelles],
collection « Fictio », 2012. | P |

Louise Anne Bouchard
L'Effet Popescu [récit],
collection « Fictio », 2012. | P |

Dominique Brand
Blanc Sommeil [poèmes],
collection « Fictio », 2011. | P |

Jean Chauma
Le Banc [roman noir],
collection « Fictio », 2011. | P |

Ulrike Blatter et Zivo,
Malgré tout [poèmes et aquarelles],
Hors collection, 2014. | P |

Daniela Cerqui et Irene Maffi (dir.)
Mélanges en l'honneur de Mondher Kilani,
collection « A contrario campus », 2015. | P | E |

Claudine Burton-Jeangros, Raphaël Hammer et Irene Maffi (dir.)
Accompagner la naissance. Terrains socio-anthropologiques en Suisse romande,
collection « A contrario campus », 2014. | P | E |

Groupe Anthropologie et Théâtre
Des accords équivoques. Ce qui se joue dans la représentation,
collection « A contrario campus », 2013. | P | E |

Philippe Bourmaud (dir.)
De la mesure à la norme : les indicateurs du développement,
collection « A contrario campus », 2011. | P | E |

Groupe de la Riponne, Antonin Wiser (dir.)
Déchets. Perspectives anthropologiques, politiques et littéraires sur les choses déchues,
revue « A contrario », No 19, 2013. | E |

Yves Érard, Giuseppe Merrone et Joséphine Stebler (dir.)
L'Université entre dans le Cadre (européen commun de référence). Réflexions pratiques à partir de l'enseignement du français langue étrangère,
revue « A contrario », No 15, 2011. | P | E |

P : papier
E : ebook

bsnpress.com

Ouvrage réalisé par BSN Press
www.bsnpress.com

1re édition

Impression et reliure : SRO-Kundig SA, Versoix (GE)

Conception graphique : Marc Dubois, Lausanne

ISBN 978-2-940516-24-7